Raphael Toriel

Sous les cèdres, les ordures...

Roman

Couverture : Caroline Fillion

1

Accroupi sur la jetée, l'homme prie à l'envers. Vêtu d'une tunique d'un blanc immaculé, il présente ses fesses à La Mecque et offre ses prosternations à l'Occident. Est-ce une simple erreur ? Un défi lancé à Allah et à son prophète à travers une posture sacrilège ? Cette hypothèse iconoclaste, à peine surgie de mon esprit fatigué est vite balayée par la ferveur appliquée du pénitent. Peut-être un sens irrépressible de l'esthétique ? Bric-à-brac hétéroclite de cubes de béton, posés là sans aucune recherche d'harmonie, même vue de la mer qui embellie toute chose au point de faire passer une cabane de pêcheur pour un palais des mille et une nuits, Jounieh est horrible !

Le fidèle ne ménage-t-il pas son créateur en lui offrant la beauté d'une mer d'huile caressée par un soleil couchant, plutôt que la laideur de la ville située derrière lui ? Cette silhouette improbable n'est-elle pas la réincarnation du grand penseur arabe Ibn Rushd ? Ou alors celle du poète des poètes, Omar khayyâm, rendant hommage à l'Éternel ?

L'incongruité de sa posture et mes cogitations hasardeuses m'ont distrait au point de risquer de manquer la très discrète entrée du petit port de plaisance. Aucun feu, aucune balise ne le signalent et sans les amples mouvements de bras d'un petit bonhomme agité, portant casquette de capitaine, j'aurai sûrement ajouté quelques milles à une traversée déjà longue. Sortant de ma torpeur, je suis les instructions de la silhouette et, après avoir exécuté un demi-tour, dépose *Amphitrite* en marche arrière sur le rassurant pneu accroché à la place indiquée par le sémaphore humain.

L'amarre lancée et le deuxième taquet à peine encordé, avec l'agilité d'un singe et sans même m'en demander l'autorisation, l'homme saute à mon bord et exagérément respectueux se lance dans une rapide logorrhée, expression de sa peur d'oublier le discours qu'il avait préparé.

- Bienvenu au Liban, Général. Moi, Youssef, très enchanté. J'attends vous depuis midi. Bonne traversée ?

Une vigie inutile de plus de six heures, alors que je n'ai jamais annoncé d'heure d'arrivée. Ne sait-il pas ce drôle de marin terrestre qu'Éole, seul, décide du sort d'un voilier ?

- Oui, merci, désolé !
- Pas important ! Le commandant a demandé à Youssef de s'occuper de vous et de lui. Il indiquait mon voilier. J'ai appelé commandant ! Il montrait son téléphone. Lui arrive quelques minutes. Ici, circulation, grand problème, beaucoup de voitures…

Il compense son manque de vocabulaire par des gestes. Je me dis que son « Général » grandiloquent lui a sûrement été dicté par Nicolas et son indécrottable déférence. Je trouverais normal de me présenter à mon tour, montrer un peu de simplicité, ne serait-ce que pour le mettre à l'aise, mais, est-ce la fatigue, ou l'évidente inutilité de la démarche ? Je ne trouve rien d'autre à faire que de montrer au dénommé Youssef le pénitent courbé à l'envers. Celui-ci répond par un clin d'œil complice :

- Ah, ça !

L'homme cherche le mot approprié dans la langue de Molière et renonce. Connaît-il seulement le célèbre dramaturge, ce Scapin agité ?

- « Necté », plaisanterie, farce… Pas grave, Libanais coquins, lui Syrien, lui idiot, fou… Il pointe un doigt sur la tempe et le faisait tourner dans un geste universel.

Ainsi, il ne s'agit que d'une plaisanterie. Foin de penseur, foin de poète, juste un émigré naïf berné par des hôtes indélicats. Mes craintes se confirment. La terre ferme jette à la face du marin à quai sa triviale réalité, châtrant au passage le poète. Toutes mes belles théories, échafaudées sur les flots, se noient au port. Quel dommage ! Un instant l'envie me prend de jeter par-dessus bord mon envahissant passager, de couper mes amarres et d'abandonner ce havre trop concret. L'homme qui ignore tout de mes états d'âme poursuit sa mission.

- Bateau besoin réparation ?
- Un bon nettoyage et peut-être un nouvel antifouling. Il y a aussi deux ou trois anneaux de ris qui demandent à être renforcés. Pouvez-vous, vous en occuper ? Je lui montre les avaries plutôt que

d'utiliser trop de termes qui ont des chances de lui être inconnus.
- Moi, tout faire, ayez confiance, quand vous retour, bateau sera comme neuf. Le commandant ami Youssef, vous ami commandant, Youssef ami vous. Maintenant, venez !

Il ne me laisse pas le temps de demander un devis, m'entraîne hors du bateau, me conduit sur la terrasse d'une piscine en surplomb et m'installe à une table où m'attendent une dizaine de petites assiettes creuses, bien remplies, que des serveurs en blouses blanches viennent de déposer. À ma première gorgée d'une délicieuse bière locale, Youssef vient m'annoncer qu'il me faut encore attendre Nicolas « un petit peu ». Le commandant Naggiar est, paraît-il, retardé par un imprévu qui l'a obligé à se dérouter. Il me demande de bien vouloir l'excuser.

Loin de regretter ce contretemps, je me dis que je devrais en profiter pour faire le point et me recentrer un peu. Presque deux ans passés à bord d'un voilier m'ont mal préparé à la vie à terre. Il me faudrait un temps de réadaptation, mais il m'est aisé de deviner qu'il ne me sera pas accordé.

***

Tout a commencé cinq jours auparavant par le SMS sibyllin de l'un de mes anciens stagiaires étrangers devenu, depuis, commissaire de police judiciaire dans son pays, le Liban.

« Si votre cabotage vous a mené dans la région, je vous saurais gré de me joindre. Respectueusement. Nicolas Naggiar ».

Je reconnaissais là le style de mon ancien élève. Le futur policier était de ceux dont on se souvient. Et bien que vingt ans se soient passés depuis qu'il avait intégré mon équipe en tant que stagiaire étranger, je me souvenais parfaitement de lui. À l'époque c'était un beau jeune homme, tout en muscles, la taille élancée, ténébreux, intelligent et studieux, sérieux au-delà du requis, s'attelant aux dossiers difficiles que fuyaient d'habitude ses coreligionnaires. Du genre taiseux, il cachait par de longs silences contraints une vraie passion pour son futur métier. Passion qui explosait parfois au grand jour à l'étonnement général. Il se lançait alors dans de longues diatribes explicatives qui forçaient l'admiration par leurs déductions originales autant qu'étayées. D'habitude ces stagiaires imposés étaient plutôt une gêne à mes yeux. Devoir expliquer à des débutants les arcanes de ses raisonnements, en pleine enquête, me paraissait entraver celle-ci. Lui, avait fait partie des quelques rares pour lesquels j'avais eu l'impression de n'avoir pas perdu mon temps. Depuis son retour au pays, nos chemins ne s'étaient plus jamais croisés. Mais était-ce parce que le jeune Libanais avait été reçu une fois ou deux par Agnès et moi ?

Était-ce parce que l'ennui et la curiosité m'avaient amené à apprendre des rudiments d'arabe libanais pendant mes deux années de FINUL et permis quelques maigres échanges linguistiques avec lui ? Il ne manquait pas d'adresser des félicitations à Agnès pour les publications de ses travaux et à moi, un compliment pour l'une de mes enquêtes que quelquefois les journaux relataient. Parfois même il ajoutait un commentaire discret ou une précision, montrant par là qu'il les avait suivies avec attention. L'homme continuait à s'intéresser à nous, sans jamais dévoiler que des banalités sur lui-même, si ce n'était son mariage et la naissance de ses enfants. Nous n'avions pas manqué, alors, d'envoyer des présents, gages de notre amitié en retour. Son attention permanente, la connaissance qu'il paraissait avoir de nos activités, nous intriguaient, et donnaient lieu à quelques élucubrations. Cela nous amusait et nous touchait en même temps. Quand le jeune homme se manifestait par un quelconque message, il devenait un instant sujet de conversation et d'interrogations. Tout ce que je savais, c'est que Nicolas Naggiar était toujours en poste à Beyrouth au moment où il m'avait présenté de touchantes condoléances, pour le décès d'Agnès. Comment avait-il su ? Je me l'étais vaguement demandé, alors, sans insister plus que ça. Le Proche-Orient n'est-il pas terre de mystères ?

Son intrigant message m'était parvenu alors que je cabotais le long des côtes turques, à quelques encablures d'Alanya, mais je n'en avais pris connaissance qu'au port.

En mer, sauf besoin absolu, j'éteins le téléphone et l'ordinateur, préférant réserver le courant des batteries de l'*Amphitrite* pour les instruments de navigation, le pilote automatique et la VHF, gage de sécurité à l'approche des côtes. Ce n'est qu'arrivé dans un port que je les recharge, les rallume et consulte mes messages. Les SMS sont rares et, les Wifi portuaires pas toujours de qualité. Les mails prennent pas mal de temps à arriver, encombrés par les sempiternels spams publicitaires. Il me faut alors séparer le bon grain de l'ivraie tout en tentant de ne pas jeter à la poubelle les quelques nouvelles qui m'intéressent, celles de mes deux grands enfants et de leur propre progéniture. Subsistent quelques rares messages d'anciens collègues auxquels il m'arrive, depuis peu, de répondre. Le reste ne présente en général que peu d'intérêts.

Comme Nicolas Naggiar n'était pas de ceux qui demandent aisément de l'aide, je pris son message très au sérieux. Et puis, il tombait bien. Le moment était venu pour moi de tourner une page. Le temps de répondre et d'avitailler et quatre heures plus tard, j'étais prêt à reprendre la mer. Je décidais tout de même d'attendre le lendemain et de m'accorder une nuit de repos. Entre-temps j'avais accepté l'invitation de mon ancien élève, l'avais averti qu'il me fallait tout de même cinq à six jours pour le rejoindre et que j'avais besoin d'une place dans un port. Avant le coucher du soleil la réponse était arrivée, précise, concise et chaleureuse :

« Formidable - suis infiniment reconnaissant – vous dirai tout sur place – place voilier au Complexe Balnéaire de KASLIK – 33°58/35°38 – je m'occupe de tout – à très bientôt »

Il ne me restait plus qu'à régler le GPS sur les données de la destination finale, choisir l'étape chypriote et aller dormir.

***

Alea jacta est !

Si cinq minutes auparavant je m'étais retourné, j'aurais encore pu apercevoir, au loin, l'imposante citadelle d'Alanya qui dominait le port, mais j'avais eu trop à faire avec les voiles et leur réglage et, de toute façon, les châteaux forts et les citadelles ne m'ont jamais intéressé. Leur masse sombre, au loin, servant d'amer, suffisait à me satisfaire. Là, bateau équilibré, pilote automatique positionné, horizon libre, rien ne me retenait plus sur le pont. La mer se surveille agitée, quand elle se repose, il est inutile de la regarder dormir. Je descendis donc les quelques marches qui conduisaient à la table à carte, m'assis, saisis un crayon et ouvris le livre de bord.

Jeudi 5 novembre - 10h15 heure locale - lat.36.32/long.32.35 – cap sur Argaka – Chypre 35.07/32.46 – Vent d'Ouest Force 3-4 – mer plate – voiles au largue -

Belle traversée en vue – RAS - en fait je suis ému et même excité.

Longtemps, incapable d'écrire plus, je m'étais contenté d'aligner, jour après jour, un simple RAS précédé de la date et de la position, signes minimaux de survie. Pourquoi écrire quand on n'a plus rien à dire ? Et puis, surtout, écrire à qui ? Pourquoi ? Pendant vingt mois, je n'avais dérogé que trois fois à ce RAS laconique. Le jour du départ, au large de Saint Raphaël ; *samedi 21 juillet* 2013- *je pars enfin !* Le jour du premier anniversaire de la Grande Catastrophe, *dimanche 20 avril 2014 – quelle connerie !* Et un an plus tard, *lundi 20 avril 2015 – comment ne se sont-ils pas aperçu que c'était aussi l'anniversaire d'Adolph ?*

Depuis peu, comme les embruns salent inexorablement la peau, la vie s'est imperceptiblement insinuée en moi. Il m'arrive de me confier à nouveau aux feuilles de mon carnet. Cela se fait subtilement, par petites touches, douloureusement, comme pour un grand blessé qui peine à retrouver l'usage de membres longtemps immobilisés. Dans une vie antérieure, je tenais un journal quotidien et avais même commencé un roman tiré d'une affaire dont je m'étais occupé. Là je réapprends à écrire comme un coureur de cent mètres au mollet ravagé réapprend à marcher, sans espérer retrouver un jour l'arène. Il m'arrive d'être encore partagé entre désir de retenir le spleen, me complaire dans sa confortable léthargie ou accepter les forces qui se réveillent en moi. Je ressens la pression insistante du volcan en sommeil que de lancinantes pressions poussent au réveil. Ma lave ne peut plus s'empêcher de poindre en surface, avide d'air libre. La veille, alors que le sommeil refusait de m'accorder un repos nécessaire, j'ai confié au papier mes remords et mes doutes. Là, au début d'un nouveau départ, il me fallait me relire.

4 novembre – Mon amour, je me suis refusé jusqu'ici à trop t'exprimer mes états d'âme. Comme tu le sais, non seulement je trouve cela impudique, mais surtout inutile, car moroses ou enjoués (même dans la douleur il arrive qu'on le soit), ils sont trop mouvants pour mériter l'effort à déployer pour les décrire. Pour moi, seule l'action vaut que l'on s'y attelle. Ce doit être là une déformation de flic. Est-ce la fin de mon deuil ? De quel deuil s'agit-il ? Tu as disparu avec tant d'autres ce 20 avril de malheur. On ne m'a même pas montré ton corps. Introuvable, vraiment ? Ou imprésentable même à un vieux flic qui en a vu d'autres ? Qui sont les coupables ? Ils disent ne pas savoir. Ne disposer que de raisonnements par défaut. Tu n'es pas réapparue donc tu n'es plus. Pourquoi ne pas encore espérer, même si je n'y arrive plus depuis longtemps ? Comment te pleurer ? Ce deuil, de quoi et de qui est-il fait ? De mon manque de toi ? De mes doutes ou de mon impossibilité à accepter cette iniquité ? De ma colère ou de ma culpabilité ? Qui est responsable ? Quels sont ces salauds qui cachent des explosifs dans les sous-sols d'un musée ? Quel fou criminel fait tirer un missile sur un tel lieu alors que tu y es ? Comment faire son deuil de la médiocrité des hommes et de la mienne ? Nous étions un couple uni, souvent complice. Nous aimions-nous ? Qu'est-ce que cela veut dire ? Nous étions frère et sœur, amis, amants, libres de nos vies et légers des sacrifices nécessaires au vivre à deux. Si nous n'étions pas exempts d'orages, si nos tempêtes nous ébranlaient, nos calmes réparateurs, eux, étaient empreints d'une infinie tendresse. Pourtant, aujourd'hui il me semble qu'entre nous il manquait quelque chose ou qu'il y avait un truc de trop. Deux êtres peuvent-ils se laisser trop de liberté ? Une sorte de respect exagéré, comme celui qui m'a retenu d'insister pour que tu renonces à ce voyage. Est-il amour ou indifférence ? Avait-on idée d'aller dans ce coin du monde alors que la situation régionale était aussi tendue ? Quels manuscrits valent de prendre un tel risque ? Je t'en avais parlé, mais sans oser insister de peur de trop en faire, de peur de paraître autoritaire. Où finit la considération où commence le renoncement ? Civilisation castratrice ou liberté fallacieuse ? Ce n'est pas seulement ta disparition qui m'a fait tout quitter, elle a servi de déclencheur.

Nous parlions toi et moi de notre déception de cette France devenue tellement étriquée, de ses égoïsmes et de ses mesquineries, de ses dirigeants professionnalisés dénués de vision, incapables de maintenir un cap, de le faire partager, obnubilés uniquement par les échéances électorales à venir. Tu te désespérais de la place donnée aux fumistes de l'art, aux faux-monnayeurs de tous poils, moi je me plaignais des manques de moyens de la police et encore plus de ses mains liées. Mais nous poursuivions notre chemin vaille que vaille, parce qu'ensemble. Toi partie, pourquoi continuer à faire semblant d'apprécier la stupide promotion qui m'avait éloigné du boulot que j'aimais, de mes collègues et des enquêtes pour faire de moi un garde-chiourme. Contrôleur général à l'IGPN, beaucoup s'en seraient satisfaits, moi, je n'y voyais qu'un placard doré. Toi partie rien ne me retenait plus, rien ne m'obligeait plus à continuer.

Ils attribuèrent ma demande de mise à la retraite à mon chagrin, une sorte de coup de folie compréhensible. Il est tellement plus aisé de détruire que d'ériger. Tout s'enchaîna, simplement. La vente de notre appartement se conclut rapidement, il avait suffi de vendre au-dessous du prix du marché. Quant à l'acquisition du voilier adapté, rien de plus simple quand l'on ne cherche pas la place de port que la grande majorité des plaisanciers exigent.

Il me fallait m'enfouir en moi-même, pour te ressasser sans entraves. Cela a fonctionné un temps, puis est venu la langueur qui accompagne le chagrin. Pour nous oublier, je dormais longtemps et souvent. Quelle thérapie ! Dommage qu'au réveil les rêves se disloquent face à la réalité. Je ne suis pas de la race des navigateurs solitaires, mais de celle des hommes d'action qui, au repos, se lassent vite d'eux-mêmes. J'ai eu beau longer de magnifiques côtes et découvrir quelques paradis, il me manque l'essentiel, toi. Émotions et beautés n'ont, pour moi, d'intérêt que partagé, et tu n'es pas là. Agnès, tu me manques. Si seulement tu savais combien, mais la vie semble m'appeler et j'ai de plus en plus besoin de lui répondre.

Je refermais je livre, avant de m'étendre sur l'une des couchettes du carré. « La mer m'ennuie, elle demande trop de respect », ai-je marmonné à voix haute, avant de fermer les yeux.

2

Mon hôte prend plus de retard que prévu. J'ai le temps de déguster les petits amuse-bouches que les hommes de la base navale m'ont concoctés, boire deux bières glacées et sans cols et faire quelques pas en direction de la jetée. Celle-ci a été détruite six mois plus tôt par une terrible tempête et reconstruite immédiatement à grand renfort de ciment. L'ensemble manque de charme, mais montre bien la capacité des autochtones à reconstruire ce qui, dans ce coin du monde, ne manque jamais d'être détruit, le plus souvent par les hommes et parfois par les éléments. Ici, en cas de malheur, pas d'état, pas d'assurances, juste un indéfectible courage devant l'adversité !

J'en suis à ces réflexions quand arrive, dans mon dos, mon jeune ami. Je me dis que si je l'avais croisé dans la rue, je ne l'aurais pas reconnu. Nicolas Naggiar a bien pris vingt kilos en vingt ans. La tignasse rebelle qu'il affichait à l'époque où il avait été mon élève a fait place à une calvitie naissante.

De plus quelque chose en lui a changé fondamentalement. Le jeune homme discret et timide s'est transformé en un homme sûr de lui, imposant physiquement, et étonnement expansif.

- Quel plaisir de vous voir mon Général, cela fait si longtemps.

Il m'enlace à m'étouffer et me claque deux bises bien viriles tout en me soulevant de terre.

- On s'est bien occupé de vous ?
- Oui, oui, parfaitement, merci !
- Bon, nous allons quitter cet endroit tout de suite. Je vous ai fait préparer un appartement à Beyrouth. Combien de temps vous faut-il pour prendre quelques affaires ?

Tout à coup, le temps paraît s'accélérer, Naggiar semble pressé, expéditif même. Il y a dans son attitude quelque chose d'inadapté, mais je comprends que mon seul choix est d'obtempérer.

- Pour les affaires, cinq minutes ! Mais pour le bateau ?
- Ne vous inquiétez pas, le bateau est dans de bonnes mains. Youssef est non seulement un ami et mon obligé, mais c'est aussi un génie manuel. Vous verrez, à votre retour, vous ne le reconnaîtrez plus.
- C'est bien ce que je crains, dis-je en riant.
- Non, non, ce n'est pas ce que je voulais dire. Je suis simplement certain que Youssef fera au mieux.
- J'en suis sûr.
- Prenez tout de même vos valeurs, il est inutile de tenter le diable.
- Mes "valeurs" comme vous dites tiennent dans une poche et le bateau est toujours bien rangé, sinon c'est

invivable. Par contre, j'aurai du linge à laver et un repassage ne serait pas un luxe.
- Mettez le tout dans un sac et ne vous en faites pas pour ça.

Les questions pratiques réglées, il est temps pour l'ancien flic que je suis de poser la question de la raison de ma présence, ici.

- Puis-je savoir ce qui m'amène ?

Le commissaire Naggiar esquive et répond à côté, juste assez fort pour être entendu d'une éventuelle oreille indiscrète.

- Ce soir, mon Général, je vous ferai goûter le meilleur des « mezze » libanais !

Je comprends qu'il ne faut pas insister et nous nous dirigeons vers l'embarcation. Nicolas me donne des petites tapes dans le dos, comme pour me demander d'accélérer, mais je sais qu'il s'agit de remerciements pour ma rapide compréhension.

Quelques minutes plus tard, alourdi d'un baluchon dans lequel j'ai jeté quelques vêtements, mes papiers, le livre de bord et l'ordinateur, délesté par Nicolas d'un sac-poubelle contenant mon linge sale, nous marchons vers le parking où à mon grand étonnement, attend une gigantesque Hummer noire à côté de laquelle se tient un chauffeur en tenue de combat. Dès qu'il nous aperçoit, il se met au garde-à-vous et salut main au béret. Sur un signe de Nicolas, il se précipite sur nous et me décharge prestement de mon sac pour le mettre dans un coffre assez grand pour contenir la dernière voiture d'Agnès.

- Ali est mon ordonnance, dit Nicolas Naggiar, sans prendre le temps de mieux présenter son ordonnance.

Il donne au chauffeur un ordre que je comprends à peine, il s'agit d'une adresse. Trente-cinq ans de manque de pratique et je m'aperçois que j'ai beaucoup perdu de mon libanais de surface.

***

En voiture, Nicolas n'aborde pas plus qu'à Kaslik la raison de ma venue au Liban. Mon ex-disciple doit avoir de bonnes raisons pour ça. Il ne me reste qu'à prendre mon mal en patience, alors autant profiter de l'amitié et du paysage. Le silence est vite rompu par mon hôte qui se glisse dans le rôle du guide touristique.

- Ici, après la guerre civile, on a cru bon d'avancer sur la mer en se servant des détritus amassés ici où là, aussi bien alimentaires que gravats divers, métal, ciment et pierres. Les décombres étaient légion. On peut même affirmer que le pays en entier n'était qu'une immense ruine. L'idée, parue donc bonne à tous, puisqu'elle nous permettait d'augmenter notre petit territoire tout en débarrassant le pays de ses déchets.

- Là où nous sommes, c'est une avancée artificielle ?
- Oui, oui ! Nous roulons dessus, mais regardez un peu par ici.

Il pointe le doigt vers une route côtière transversale dont le revêtement est gondolé et dont l'un des bas-côtés s'effondre.

- Ce type d'opération s'est déjà fait dans d'autres pays et se fait encore, mais ailleurs, cela se fait dans les règles, ici chacun se croit plus malin que le voisin et surtout veut gagner le maximum en dépensant le minimum. Les détritus sont tassés, puis on attend un peu que la nature et les pluies fassent leur œuvre, on laisse reposer, puis on tasse encore et on consolide avant de construire. Au Liban, en moins de six mois tout était terminé et les terrains vendus à prix d'or. Les promoteurs se sont jetés dessus et eux aussi n'ont pas attendu pour construire des appartements vendus à crédit à de pauvres hères en mal de logements. Depuis, pas un jour sans que l'on déplore un bâtiment qui s'écroule et une chaussée qui s'affaisse. Les tribunaux sont engorgés de procès intentés par des propriétaires ruinés. Cette route que vous voyez, là, devait soulager le trafic de la voie principale surchargée depuis la fin de la guerre civile. Elle a coûté des millions, mais est, pour longtemps encore, impraticable. Quant à l'autre, celle que l'on appelle « autostrade », vous allez pouvoir bientôt en juger.

Deux minutes plus tard, zigzagant entre différentes ornières, l'immense tout terrain intègre la route Beyrouth/Tripoli. C'est une sorte de six voies aux multiples nids-de-poule qu'enjambent une quantité d'échangeurs encombrés d'énormes panneaux publicitaires. Une multitude de véhicules disparates, allant de cyclomoteurs réinventés à des camionnettes hors d'âge en passant par des camions cacochymes surchargés, y côtoient de rutilantes limousines dans un vacarme assourdissant. C'est une arène et ses calicots. Une sorte de gigantesque piste de stock-cars où les uns et les autres réussissent à s'éviter tout en klaxonnant sans discontinuer. Le tout sans qu'aucune règle ne vienne tenter d'y mettre un peu d'ordre. Pourtant, la voirie n'a pas lésiné sur la quantité de panneaux de limitation de vitesse et autres interdictions, mais personne ne semble prêt à les respecter.

- J'ai parcouru cette route dans le temps en véhicules blindés. Nous n'étions pas bien nombreux à l'emprunter, alors.
- C'était la Belle Époque, répond Nicolas, mi-figue, mi-raisin.
- Oh que non, cher ami, je préfère le désordre actuel.
- Moi, il m'arrive de me le demander.

Sa réflexion me paraît bien exagérée. Il me fait penser à ceux qui chez nous pensent qu'une « bonne guerre » remettrait les esprits à leur place. Je préfère donc éviter la discussion et embraye sur une considération technique.

- Je ne vois pas le moindre agent de circulation.
- Si, mon Général, regardez bien, il y en a des tas, mais ils ne sont pas fous, ils se planquent. Regardez, là !

Il me signale du doigt deux motards en retrait sous l'arche d'un pont.

- Et là !

Le conducteur, lui aussi, me montre ses collègues debout au bord de la route, un sifflet à la bouche, qui ajoutent leurs stridences au tumulte ambiant.

- Vous avez raison, je les vois, mais pourquoi n'interviennent-ils pas ?
- Ils tiennent à la vie, mon Général, dit le chauffeur qui visiblement, parle français.

Nicolas Naggiar ne dit rien. Il me regarde, apparemment, pas un trait de son visage n'a bougé, mais je ne peux ignorer le message silencieux qu'il m'adresse, « tu vois pourquoi je ne peux pas encore te parler ». Il reprend comme si de rien n'était la conversation sur la circulation.

- Nous ne sommes qu'à une dizaine de kilomètres du centre de Beyrouth, en dehors des heures de pointe. Si tout va bien, il ne faudra pas plus de trois quarts d'heure pour arriver au centre-ville. Le matin ou à

l'heure de sortie des écoles, il aurait fallu compter une heure et demie.
- Je n'ai plus l'habitude des foules, dis-je en tentant d'abaisser ma vitre, pris d'une sorte d'agoraphobie.
- Deux ans de mer, ça doit changer, son homme, non mon Général ?
- Peut-être, j'ai du mal à juger. Nicolas, puis-je te demander un service ?
- Tout ce que vous voulez, mon Général !
- Justement, peut-on mettre de côté ce « mon Général » que je ne suis pas.
- Question de correspondance des grades. Ici la police c'est l'armée ! Vous êtes général comme je suis commandant.
- Je ne suis plus rien du tout et aussi plus ton prof, de plus nous nous connaissons depuis plus de vingt ans, alors je t'en prie, laissons de côté ces considérations. Nous nous tutoyons, tu m'appelles Thomas et je t'appelle Nicolas, d'accord.
- Je veux bien essayer, mais je ne garantis pas le tutoiement permanent. Par contre j'insiste pour que mes subalternes continuent de vous donner du « mon Général ». C'est important pour la suite. Ici, vous n'avez pas de rôle officiel, laissez au moins votre aura de grand flic français agir. Nous en aurons besoin, à moins que…

Il se tait, considérant en avoir trop dit et reprend son rôle de guide.

- Nous sommes place des Martyrs, c'est le début du centre.
- Je l'ai connu en ruines. Ça a bien changé. Félicitations ! Je ne connaissais pas cette mosquée. Elle est rutilante, existait-elle avant-guerre ?
- Non, à sa place il y avait, je crois, des salles de cinéma ou était-ce un peu plus bas, difficile à dire. La construction de cette mosquée terminée en deux mille cinq a été initiée et financée par Rafic Hariri. C'est le fameux Premier ministre qui a été tué et dont la mort est à l'origine des manifestations qui ont mis fin à l'occupation syrienne. Il est enterré là, dans un mausolée, aux pieds de sa mosquée !
- Je la trouve bien grande pour un pays non exclusivement musulman.
- Je suis d'accord, mais dans une démocratie communautaire, chacun veut montrer à l'autre sa puissance. Cette mosquée en est un exemple, mais au moins, elle ne gâche pas trop le paysage.
- C'est vrai qu'elle a de l'allure.

Nous arrivons devant le nouveau souk, Nicolas me montre une adorable petite église.

- Tu vois comme elle est petite à côté. Le Liban est constitué de dix-huit communautés religieuses. Les sunnites sont loin d'être majoritaires. Cette mosquée est peut-être la raison de la mort de son mécène.
- Dix-huit religions, pourquoi suis-je resté sur dix-sept ?

- Il rit de bon cœur. Rassure-toi, la dix-huitième est récente. Dieu a dû se dire que nous en manquions. Il nous a envoyé les Syriens qui, eux, nous ont offert les Alaouites.
- Dans le temps je connaissais la composition des communautés qui composent votre pays, cela faisait partie de la formation que nous prodiguait l'ONU. Voyons si je m'en souviens. Les musulmans pour commencer. Sunnites et Chiites !
- Ils se détestent cordialement et surtout, les chiites sont devenus bien plus nombreux que les sunnites.
- Puis viennent les Druzes, à fondement islamique, mais très à part, ce sont des montagnards.
- Qui font cavaliers seuls, tantôt alliés avec les uns, tantôt avec les autres.
- Puis les juifs.
- Il n'en reste plus qu'une poignée, moins de trois cents officiellement.
- Et puis et surtout les chrétiens pour lesquels le Liban a été séparé du Levant.
- Autrefois majoritaires, ils ont beaucoup émigré, à mon sens, ils ne représentent plus qu'une importante minorité. Sauriez-vous les nommer ?
- Je vais essayer. Les maronites, des catholiques, c'est la plus importante communauté. Ce sont, eux aussi, des montagnards.
- Toujours divisés !

- Puis viennent les grecs catholiques, les syriaques catholiques, les syriaques orthodoxes, les grecs orthodoxes.
- Comme moi ! L'une des plus anciennes communautés installées au Liban sous Byzance. Vous en connaissez d'autres ?
- Je cherche, mais j'ai du mal. Les protestants... Je cale.
- C'est déjà formidable ! Je vais vous aider. Les assyriens, les chaldéens, les coptes, les arméniens catholiques, les arméniens orthodoxes, les catholiques romains et les ismaélites. Je crois que je n'en oublie aucun, mais il est inutile de recompter. Tous ont des droits au pouvoir en fonction de leur importance et tous exigent une part du gâteau, même si celui-ci est bien petit. C'est ça le Liban ! Des panthères, des guépards et des hyènes attablés avec des souris et des fourmis autour d'un maigre festin.
- Je vois qu'il n'y a pas qu'en France que se pratique l'auto-dénigrement.
- Nous, nous n'avons pas d'autre choix, si nous voulons conserver un minimum de respect de nous-mêmes.

Il a dit cela avec le sérieux du désespoir. Et, rapidement, comme pour faire diversion, le policier s'adresse à son chauffeur pour lui intimer un ordre bref, « Saint-Georges ». Quelques minutes plus tard, il me montre un bâtiment dévasté, autrefois de briques et aujourd'hui ruines sous protections en filets, qui tranche avec les hôtels flambants neufs qui l'entourent.

- C'est une plage célèbre, auparavant c'était aussi un hôtel. C'est devant le Saint-Georges qu'a explosé Hariri. La charge était tellement puissante que toutes les vitres ont été cassées dans un périmètre d'un kilomètre. Cela a coûté des millions au palace d'en face « Le Phénicia » pour retrouver tout son lustre.
- Qui l'a tué ?
- Il y a un tribunal international qui enquête depuis des années. En 2014 quatre mandats d'amener ont été émis par ce dernier. Le tribunal réclamait quatre membres du Hezbollah. : Moustafa Badreddine, Salim Ayyash, Assad Sabra et Hussein Anaissi. Mais il est impossible de les arrêter sans déclencher une guerre civile.

J'écoute en silence, frappé par le calme apparent de mon interlocuteur. Mon ami sait-il s'il s'agit des vrais coupables ? Nicolas n'attend pas ma question, il y répond comme pour se répondre à lui-même.

- Quelle importance que nous puissions ou pas mettre la main sur ces hommes. Ce ne sont de toute façon que des exécutants du deuxième ou du troisième cercle. Leur chef lui-même n'est que le larbin des ayatollahs iraniens, lesquels sont, eux, aux ordres de Moscou, de Pékin, etc. Alors, mettre la main sur ces quatre lampistes ne changerait rien !

- Tout de même, ce doit être frustrant.
- Ça l'est, mais je fais avec. Quand on n'a pas le choix…

Il se tait pendant que nous arrivons à la corniche et empruntons à gauche une rue qui commence avec une énorme statue de bronze de style pompier de Gamal Abdel Nasser, l'ex-président égyptien que même ses concitoyens ont oublié et qui demeure, ici, pour certains, un demi-dieu.

La voiture s'engage dans une montée grouillante et sonore, bordée de boutiques à l'ancienne allant de salons de coiffure à des vendeurs de légumes, de fromages, de matériel électrique, de pneus et de sandwichs. Juste au bout l'énorme voiture s'engage dans une ruelle à peine assez large pour elle. J'ai le temps de lire son nom écrit en français et en arabe, vestige d'un mandat déjà vieux de presque un siècle. Nous sommes rue « Balah ». Plus que quelques mètres et le véhicule pile. Nous nous trouvons devant l'improbable, une galerie d'art moderne illuminant ce bout du monde de la beauté colorée de toiles abstraites d'une spiritualité inégalée. Nicolas a ouvert sa porte et m'engage à entrer dans l'immeuble dont il a poussé la lourde porte en fer forgé. Il dit juste en entrant.

- La galerie, c'est ma belle-sœur. Vous la connaîtrez ce soir.
- Tu la connaîtras !
- Oui, oui… Pardon !

3

L'immeuble de quatre étages est ancien, mais impeccablement entretenu. Nicolas me précède dans l'escalier tout en me suggérant de me passer de l'ascenseur.

- Il fonctionne parfaitement. Si je vous le déconseille, c'est à cause des coupures d'électricité. Je vous expliquerai. De toute façon, vous êtes au deuxième.

En effet, le temps de le dire et nous sommes arrivés devant une porte blindée à deux serrures, qu'il s'échine à ouvrir. Une fois les lumières allumées, la surprise est totale. L'appartement est l'un des plus beaux qu'il m'ait été donné de voir. Aménagé avec des moyens raisonnables tout y est en même temps créatif et fonctionnel. Pas une pièce, pas un meuble qui n'ait été pensé et personnalisé. Les tableaux et les divers objets démontreraient au premier enquêteur débutant que l'artiste du rez-de-chaussée et l'occupant de l'appartement sont une seule et même personne. Nicolas me fait visiter. Il y a deux chambres à coucher dont l'une doit être pour un enfant ou un adolescent, une fille probablement, vu le nombre de poupées. Chacune dispose d'une salle de bain complète attenante. Dans la salle à manger contiguë au salon, Nicolas a fait poser trois immenses tableaux blancs, la transformant en une sorte de

QG personnel. Les deux premiers sont vierges, en attente de documents et de déductions, le troisième est, dans son coin supérieur droit, occupé par une carte du Liban, dans son coin supérieur gauche par une photo aérienne et pour le reste de l'espace d'un plan détaillé de Beyrouth. Je suis étonné, il s'en aperçoit.

- Je sais que c'est ainsi que vous aimez réfléchir. Nous ne pourrons pas travailler au bureau, mes collègues et surtout ma hiérarchie ne comprendraient pas. Si vous le voulez bien, c'est donc ici que nous résoudrons cette affaire ensemble. Nous disposerons de tout le nécessaire, ordinateur, ADSL, téléphone sécurisé. Nous disposons même d'un générateur.
- Quelle organisation, je vous reconnais bien là Nicolas. Qu'est-ce que cette bande blanche qui fait presque le tour de la ville ?
- Ça, c'est notre fleuve.
- Votre fleuve ? Je ne savais pas que Beyrouth était ceinturé d'un fleuve et blanc de surcroit.
- Vous avez raison, il n'en est rien, mais c'est ainsi que je l'appelle par dérision. Ce sont des sacs-poubelle blancs qui sont entassés ainsi.
- C'est dingue !
- Eh, oui ! Si je vous ai mis cette photo, ce n'est pas pour rien, mais parce que cela semble être l'un des leitmotives de notre histoire. Je vous en parlerai bientôt.

- J'ai l'impression que l'on voit la mer, d'ici, dis-je en passant sur le plus petit des balcons.
- Un petit bout, mais pas d'ici, des chambres seulement. Elle est à moins de deux cents mètres, ce qui vous permettra de faire vos balades sur la corniche. Au fait, vous aimez toujours les longues marches ?
- Oui, rien ne change vraiment, avec la mer c'est ce qui me permet de dénouer les nœuds gordiens qui jonchent ma vie.
- De plus le quartier est discret et pratique.
- L'appartement est splendide.
- Je le dirai à ma belle-sœur. Je suis sûr que ça lui fera plaisir.
- Je ne voudrais pas déranger, dis-je, pris de soudains scrupules.
- Vous ne dérangez pas le moins du monde, Thomas, vous assurer un minimum de confort est la moindre des choses. Beyrouth est découpé en quartiers plus ou moins communautaires : ici c'est un quartier druze et j'habite un quartier chrétien. Les distances sont courtes, mais les déplacements longs. Amal, est très heureuse d'habiter chez nous ces jours. Elle voit plus sa sœur qu'elle adore et surtout, en l'absence de sa fille, profite de mes enfants. Vous ferez connaissance avec tout ce petit monde tout à l'heure et vous comprendrez. Là, si vous le voulez bien je vais commencer à vous raconter notre affaire et demain nous approfondirons.

J'ai un moment d'absence, car la fatigue accumulée et jusqu'ici discrète vient de m'envahir subitement. La traversée a été longue et mouvementée. J'ai passé quarante heures en mer et peu dormi. Il fait chaud et moite à Beyrouth malgré l'heure avancée. Rien de comparable avec ce que j'ai connu sur mon voilier. L'avouer à mon hôte c'est le couper dans son élan, ne rien dire, c'est risquer de passer à côté d'une information. Je trouve un biais.

- Quelle heure est-il ?
- 21 heures passées, pourquoi ?

Il comprend tout de suite :

- Où ai-je la tête ? Vous devez être fatigué et ma femme nous attend à dîner. Tout cela attendra demain, si vous le voulez bien.

Cet homme est poli, au-delà de tout ce que j'ai connu à ce jour. Il était déjà ainsi à Paris il y a vingt ans. Ce doit être un mélange de qualités naturelles et d'une excellente éducation. Néanmoins, nous sommes tous deux frustrés, lui de ne pas pouvoir encore partager son fardeau, moi de ne pas satisfaire ma curiosité.

- Je crois que cela vaudrait mieux en effet, je suis un peu fatigué et je suis certain que vous ne m'avez pas fait venir pour des broutilles. Je serai plus à même de me concentrer demain, dès la première heure. On y va ?
- Oui, mais avant, prenez ceci.

Il sort d'un sac plastique auquel je n'avais pas fait attention jusqu'à cet instant, un téléphone portable et un pistolet Beretta. Je mets le téléphone dans ma poche et refuse l'arme.

- Je ne porte jamais d'arme. Auriez-vous oublié ?
- Laissez-le ici, alors. Le risque que vous ayez à vous en servir est faible, mais allez savoir. Cette affaire est très mystérieuse et j'ai bien peur qu'elle n'implique des gens hauts placés que les scrupules n'étouffent pas. Et puis, avec tous ces réfugiés syriens prêts à tout pour nourrir leur famille, la criminalité a explosé et l'immeuble est presque vide.

Il joint le geste à la parole et pose le pistolet entre deux livres de la bibliothèque.

- À présent, allons-y, sinon ma femme va me tuer et je n'aurais pas le plaisir de vous raconter notre affaire.

Nous atteignons la voiture rapidement. Cela ne nous empêche pas de mettre plus d'une demi-heure pour faire les cinq kilomètres qui nous séparent de chez lui à Achrafieh. Pour cela il aura suffi d'une soirée de gala à « l'hôtel Phénicia », passage obligé, où les « valets taxi » prennent leur temps pour débarrasser les invités de leur voiture et un feu interminable au bout du « ring », autrefois, pendant la guerre, ligne de démarcation infranchissable.

***

C'est une jeune philippine qui nous ouvre la porte. La femme de Nicolas Naggiar se porte à notre rencontre. C'est une femme élancée, habillée et maquillée avec soins et suffisamment de simplicité pour exprimer une classe certaine. Elle me salue avec une déférence amicale :

- Comme je suis certaine que N'oula ne vous a pas parlé de moi, je vais me présenter sans attendre qu'il le fasse. Je m'appelle Zeina et j'ai beaucoup entendu parler de vous, mon général. Mon mari vous tient en haute estime. Considérez notre maison comme la vôtre.
- Enchanté, mais par pitié, je vous prie de laisser les « mon général » au vestiaire. Je m'appelle Thomas et mes amis m'appellent Thom.

Elle est moins coincée que son mari et c'est en riant qu'elle me mène au salon où nous attendent deux adolescents, un garçon et une jeune fille, ainsi qu'une femme superbe que je devine être sa sœur. Ils sont tous à terre autour d'un jeu de société, qu'ils paraissent vivre passionnément et que notre arrivée interrompt. Les enfants sautent sur leurs pieds comme pris en faute et me tendent une main que je serre pendant que leur mère fait les présentations.

- Ma fille Véra, qui a quinze ans et veut devenir policière comme son père. Vous rendez-vous compte mon général, une fille policière au Liban?

- Pourquoi pas, tu es bien juge, répond la jeune fille qui paraît avoir du caractère.
- Ce n'est pas la même chose.

Puis se tournant vers son fils :

- Et mon fils Georges qui a treize ans hésite entre devenir médecin ou pilote de course. Vous savez, chez nous grecs orthodoxes, il y a trois prénoms principaux, Nicolas dit N'oula, Michel et Georges. Dans une assemblée d'orthodoxes si quelqu'un crie Nicolas, la moitié des hommes se lèvent, à Georges l'autre moitié et à Michel, vingt pour cent.
- Ça fait un gros cent vingt pour cent, maman ! Lâche Georges en riant.

La jeune femme s'est levée et s'approche main tendue. Un picotement bizarre me parcourt le corps :

- Moi je suis Amal. Je suis la sœur de Zeina, votre logeuse. J'espère que l'appartement vous convient.
- Je vous remercie Madame, votre appartement est absolument délicieux et j'ai adoré vos peintures. Elles ont quelque chose de céleste. Je n'ai eu que peu de temps pour les admirer, mais ces quelques instants ont fait l'effet d'un coup fouet sur ma fatigue. Néanmoins, je serais désolé si je vous privais de votre chez vous.

Je dis tout cela d'un trait, comme un adolescent boutonneux et timide s'adressant à une étoile somptueuse. Elle paraît amusée par mon débit et me répond d'autant plus calmement.

- Non, non, surtout pas. Je suis si bien ici, dit-elle en rougissant tout de même un peu sous mes compliments. J'adore mes neveux que je ne vois que trop peu. Quant à mon beau frère et Zeina, ce sont des amours. Vous habitez l'immeuble de notre père. Mon atelier est au sous-sol, j'espère que cela ne vous dérangera pas que j'y vienne travailler de temps en temps ?
- Ce serait un comble, dis-je, tout à coup heureux de la savoir proche.

Pendant que son mari disparaissait pour se mettre à l'aise, Zeina, me prend par le bras et m'entraîne vers la table de la salle à manger dressée pour un jour de fête.

- Vous devez être fatigué. Passons à table ! Je vous promets de ne pas vous retenir trop longtemps ce soir, malgré notre curiosité.

4

J'aurais dû dormir comme un loir dans l'immense lit d'Amal, mais ce ne fut, malheureusement pas tout à fait le cas, faute aux quatre jeunes gens qui, profitant de la lumière d'un lampadaire, trouvèrent normal de jouer au jacquet dans la rue jusqu'à deux heures passées. Le lancer de dés ajouté aux pions que l'on claque sur le bois est purement et simplement assourdissant dans le silence de la nuit. Pour faire un peu de silence, il aurait fallu fermer les fenêtres et pouvoir mettre en route l'appareil d'air conditionné, mais l'électricité était coupée et il faisait bien trop chaud pour se passer de la brise marine qui, vers minuit, s'était enfin levée. Une fois le sommeil trouvé, ce fut court, mais merveilleux. Puis vint l'appel à la prière du lever de soleil. La voix du Muézin de la mosquée du quartier, relayée par haut-parleurs, a été suffisamment persuasive pour me pousser hors du lit. Et me voilà un jus d'orange fraîchement pressé par un vendeur ambulant à la main, à six heures du matin, appuyé sur la rambarde de la corniche à regarder la mer qui scintille. L'appartement est à deux cents mètres, un peu en surplomb. Entre temps, je profite de la sérénité du moment et du ciel rosé dans l'attente de l'appel téléphonique de Nicolas. Je somnole encore un peu, mais compte sur une petite marche rapide pour réveiller mes cellules grises.

Une demi-heure plus tard, je me trouve à hauteur du bain militaire, sorte de plage réservée uniquement aux officiers, à leur famille et à leurs amis. Je me demande à quoi elle peut bien ressembler et demande à visiter, mais suis refoulé fermement par la sentinelle. Inutile d'insister, autant rentrer à l'appartement. Mais avant, j'envoie un message à Nicolas pour lui faire savoir que je suis réveillé et à sa disposition. Je n'ai pas fait vingt mètres que je reçois la réponse, « serai chez vous à huit heures ».

À l'entrée de l'immeuble, une surprise m'attend. Du sous-sol, monte les premières mesures déchirantes de l'andante pour violoncelle de Bach. Concerto BWV 1041, me dis-je fièrement en reconnaissant le morceau. Je ne suis pas connaisseur, mais j'apprécie cette variation-là plus que toute autre. Elle me remue les tripes au-delà du raisonnable. Que quelqu'un l'écoute juste au moment où j'arrive et dans ce lieu improbable, aiguise ma curiosité. Je suis le son et descends un demi-étage pour me trouver devant une porte entrouverte. Là, devant moi, à quinze pas Amal est penchée sur une toile. Totalement absorbée par son œuvre elle ignore ma présence. Je ne bouge pas, préférant observer discrètement la magie de la création. Il y a du féérique et de l'assuré dans ces gestes. Alors que les couleurs se superposent en couches transparentes sur la toile. De son être irradie, une sorte de joie céleste. Qu'elle est différente de la sage jeune femme que j'ai rencontrée hier soir. Là, elle exulte.

Comme l'on ménage une somnambule, je me retire sur la pointe des pieds, de peur de briser l'harmonie de la scène. Au deuxième, je trouve sur la table de la cuisine, des galettes encore chaudes de thym, sésame et autres épices arrosées d'huile d'olive. Ce ne peut être que la jeune femme qui les a déposées. J'en dévore une avec appétit, tout en regardant l'horloge de la cuisine. Je suis impatient de connaître l'énigme suffisamment importante pour que mon ami ait cru bon de me faire venir.

***

À huit heures précises, le commandant Naggiar en tenue militaire sonne à ma porte. Il tient à la main un volumineux cartable, le même qui ne le quittait jamais quand il était étudiant. Après de brèves salutations, il l'ouvre pour en sortir un premier dossier qu'il me tend tout lisant son double.

- Le vingt-deux octobre au petit matin, dans la déchetterie de la « Quarantina », un conducteur de pelleteuse trouve sur un tas d'ordures deux hommes. Ils ont tous les deux été tués par balle : l'un d'une balle dans la tête, l'autre dans le coeur. Je suis appelé sur les lieux, fais boucler le périmètre et convoque l'équipe technique habituelle ainsi que le Dr Hanna

Younes, légiste fiable avec lequel je travaille depuis des années. L'enquête montre rapidement que les victimes ont été abattues ailleurs et transportées là, après, et que l'arme utilisée est de calibre 9mm. Ces munitions paraissent être les mêmes que celles des Beretta 92FS utilisées par les pistolets en service dans l'armée libanaise et dans les forces de sécurité, mais ce calibre est assez courant et pas mal d'armes circulent dans le pays. De plus nous ne disposons ni des douilles ni des projectiles. L'estimation s'est faite au diamètre entrant et sortant. Les balles ont été tirées, l'une à bout portant, vers la face, défigurant la victime, l'autre à quelques mètres. Des traces aux poignets et aux chevilles indiquent qu'ils avaient été tués puis attachés.

Le policier, s'arrête pour accrocher avec des aimants un jeu de photos, montrant les corps tels qu'on les avait retrouvés, ainsi que deux photos d'identité. Puis, il quitte un instant la pièce pour aller se servir un verre d'eau et revient.

- Il n'a pas fallu vingt-quatre heures pour découvrir l'identité des deux hommes. Il s'agit de Seif El Dik et Hassan Traboulsi, deux officiers des mœurs, chargés de la surveillance des boîtes de nuits et autres bars à filles. Ici comme partout, même si les corps se protègent, les langues finissent toujours par se délier. Ces deux-là étaient clairement des ripoux. Racket, boissons et soirées gratuites, proxénétisme,

usage personnel de filles, et j'en passe. Pas vraiment à l'honneur de la police ! Tout semblait indiquer un règlement de compte sauf deux détails : premièrement l'arme du crime, rare dans le milieu de la pègre qui préfère des pistolets plus courts, plus légers et plus fiables, d'autant plus que contrairement à nous, ils en ont les moyens et autre chose plus inquiétante, un bout de papier agrafé à l'intérieur de leur chemise, en trois langues, arabe, français et anglais, et disant « Tous pourris ! ».
- Sur chacun d'entre eux ?
- Exactement ! Comme si le ou les tueurs voulaient être certains que nous les trouvions.
- En effet, ça pourrait s'avérer inquiétant ! Avez-vous l'un de ces papiers ?
- Une copie.

Il cherche dans son dossier et en sort un papier ou l'on voit distinctement en caractères d'imprimerie les trois lignes en trois langues. Pas besoin de savoir lire pour deviner qu'il s'agit d'un texte sorti de l'imprimante d'un ordinateur.

- Le texte français est juste, qu'en est-il des deux autres ?
- Impeccables !
- On dirait un rituel. Avez-vous, ici des maffias organisées ?
- Pas au sens que vous l'entendez en occident. Ici, ce sont les politiques qui sont organisés en maffias, les malfrats, eux, se contentent d'être de petits caïds

entourés d'une garde rapprochée. Mes hommes ont écumé les quartiers chauds, sans résultats probants. Ceux qui auraient été capables de se débarrasser de deux flics pourris sont en même temps nombreux et improbables. Ils savent très bien que demain, d'autres viendront, peut-être pires, et qu'ils devront quoiqu'il arrive, comment dit-on déjà ? « Cracher au bassinet ». Ici, vous savez, la corruption est inscrite depuis longtemps dans les gènes de la fonction publique, avec la bénédiction de nos dirigeants, eux-mêmes, totalement faisandés.

Cette dernière tirade le plonge dans une sorte de tristesse qui s'apparente au désespoir. Maladroitement, je tente de minimiser ses dires.

- Vous savez, partout dans le monde, même chez nous...

Je ne peux pas finir ma phrase, Nicolas m'interrompt.

- Non, chez vous, comme ailleurs dans le monde, cela existe parfois. Ici c'est la règle. Et croyez-moi, l'exception est vraiment rare. L'incorruptible est craint, mal vu, rejeté, pire, dénigré.

Je m'aperçois qu'il a dû beaucoup endurer à demeurer intègre. J'imagine les brimades, les retards de promotions et le risque permanent qu'il a subits. Il confirme.

- Je crains constamment pour mes hommes et ma famille. Et puis combien de criminels arrêtés, combien de condamnés et de ces rares cas, combien exécutent leur peine ?

J'ai bien envie de lui dire que chez nous aussi, le problème se pose, mais je renonce à le réconforter. Il doit le savoir, et cela ne lui apporte aucune consolation. Car il connaît la différence entre le laxisme bien-pensant de la justice française et les poches gonflées d'espèces des magistrats véreux libanais. Je dis juste :

- « Tous pourris ! », l'assassin me serait presque sympathique !

Il me regarde drôlement. Je n'arrive pas à déterminer s'il exprime une sorte d'accord pour ce que je viens de dire ou si ça le choque. Après ces secondes de flottement, il se reprend totalement.

- Mais revenons à nos moutons. Malgré la difficulté de la tâche, je ne vous aurais jamais sollicité pour une affaire comme celle-là.
- Je m'en doute.
- Ne croyez pas que je me répands sur mon pays par désespoir, mais pour tenter de vous faire comprendre la situation, car sans un minimum de connaissance de notre mode de fonctionnement vos raisonnements risquent de s'égarer.
- Vous avez raison. Il me faut avoir une vue d'ensemble, mais avant ça, pourriez-vous me dire ce qui vous amené à m'appeler ?

Il prend son souffle, comme un athlète qui se concentre avant une course.

- Le premier novembre il y a eu un autre meurtre, Maroun Saad, le fils d'un député maronite du 14 mars.
- 14 mars ? Pardon je ne comprends pas !
- Je vous expliquerai tout à l'heure. Entre temps, ce que vous avez à savoir c'est qu'il s'agit du même modus operandi : autre décharge, sauvage celle-là, il y en a plein – même arme – mêmes liens – même texte agrafé de la même façon, plus une variante, l'autopsie montre l'absorption préalable de GHB, dite drogue du violeur. Néanmoins, au moment de son exécution, il y a une forte probabilité pour qu'il ait été conscient et en position assise. Il a failli ne pas être découvert. C'est un voisin furieux de l'odeur dégagée par les immondices aux pieds de sa porte qui l'a trouvé. C'est à ce moment que j'ai trouvé bon de vous appeler au secours.
- Et depuis ?
- Hier ! Le fils d'un député druze du 8 mars, Ramzi Tarabaï. C'est la raison de mon retard.
- 8 mars, 14 mars, c'est vraiment du chinois pour moi. Même processus ?
- Exactement ! La seule chose qui change à chaque fois, c'est la décharge, là c'est sur la route de la montagne qu'un cantonnier a trouvé le corps.

Il s'arrête, regarde sa montre, moi aussi.

- Il est dix heures et j'ai un rendez-vous avec un prêtre, dans une église, à côté d'ici. Ce serait bien que vous veniez avec moi, d'autant plus que le prêtre en question parle parfaitement français. Même si nous n'apprenons rien de nouveau sur notre enquête, l'église vaut le détour. Ensuite je vous invite à déjeuner et je vous raconte le Liban. Mais avant, si vous le voulez bien, nous passerons cinq minutes chez la voisine de ma belle-sœur, car son mari est revenu hier chez eux après deux mois d'hôpital. Il sort d'un long coma diabétique duquel, d'après des médecins, il avait peu de chance d'émerger. Cette femme a la gentillesse de nous rendre de menus services quand il y a un souci dans l'immeuble et que nous sommes absents. J'ai là une boîte de biscuits que j'aimerais lui remettre.

5

Nicolas est un homme précis. Il est difficile d'imaginer plus voisins que Souad, Abdallah et sa petite famille. L'immeuble est contigu et partage une façade. Ici, pas d'entrée coquette, pas d'ascenseur, mais une cage d'escalier aux marches dangereuses à force d'être cassées et rafistolées. Nous passons, directement de l'aisance bourgeoise à la misère. Ici nous voyageons dans *l'Assommoir* de Zola. L'immeuble est plus que vétuste, comme abandonné par ses propriétaires. La famille que visite mon ami occupe un deux-pièces à cinq adultes. Mais, si le logement est vieillot et meublé sans moyens, il est difficile de ne pas le trouver soigné et la réception que nous font ces personnes est plus que chaleureuse. Cafés, petits fours et amabilité sont de mise et il n'est pas question de refuser de goûter à tout. Le malade qui est Druze, nous raconte comment Mar Charbel, un saint ermite faiseur de miracles de la montagne libanaise, lui est apparu en songe et l'a soustrait à la faucheuse. Un petit autel est d'ailleurs dressé dans la chambre du miraculé, avec images du saint et bougie allumée en permanence.

- Tu vois, dit mon ami en redescendant l'escalier une torche à la main. C'est ça le Liban. Peu sont ceux qui peuvent comprendre que chez nous les religions se

mêlent ainsi. Un Druze guérit grâce à un saint maronite, un grec orthodoxe en questionnement pourrait demander conseil à un sage chiite. Les mariages inter communautés sont légion et nombreux sont ceux ou celles qui changent de religion par amour ou par intérêt.
- Par intérêt ?
- Un sunnite peut demander à devenir chiite s'il n'a que des filles, uniquement dans le but de leur permettre d'hériter, puisque chez les sunnites les filles sont privées d'héritage.
- C'est assez étonnant en effet ! Vous n'avez pas de mariage civil ?
- Non ! Il y a bien une vieille loi qui l'autoriserait, mais pour l'instant, ceux qui en font le choix et qui en ont les moyens se marient à Chypre. Le malheur des uns faisant le bonheur des autres, l'île Gréco/Turque s'enrichit de nos règles stupides et de nos guerres fratricides. Ah, nous sommes arrivés sans encombre. Si vous voulez bien, c'est à pied que nous allons rejoindre père Antoine, cela ira bien plus vite qu'en voiture.

En quittant l'immeuble, il salue un homme assis sur un rocking-chair branlant dans le renfoncement de la rue.

- Si un jour vous avez besoin d'un menu service, n'hésitez pas à le demander à cet homme. Il s'appelle Aziz et fait office de gardien de quartier.
- C'est un policier.

- Pas du tout, me répond-il en riant. Il s'est trouvé ce job cela doit faire trente ans, peut-être plus.
D'autorité, il fait la circulation et attribue des places de parking fantômes et en échange, il reçoit un billet par-ci, une pièce par-là.
- Personne ne dit rien.
- Pourquoi faire, tout le monde y trouve son compte, Amal la première. Il lui surveille sa galerie et empêche les enfants de taguer les murs et de coller leur nez sur les vitrines. Aziz, c'est l'homme utile du quartier, d'ailleurs je lui ai donné un billet pour qu'il veille sur vous et je vous conseille d'en faire de même.

Il ne nous faut pas plus de dix minutes pour atteindre notre destination alors que nous aurions dû sinon faire un long tour et plonger dans une circulation infernale. Saint-Élie nous apparaît après seulement cinq cents mètres de marche à sautiller d'un bout d'accotement à l'autre en évitant soigneusement les voitures. Pour le peu que je sache de cette partie de Beyrouth, le piéton y est totalement ignoré. Les trottoirs, s'ils ont existé un jour ont été progressivement grignotés par les constructions, tout le monde trichant un peu en avançant sur la chaussée. Le peu qu'il reste est utilisé par les voitures qui se garent tant bien que mal au plus près de leur lieu de destination. Seule partie épargnée, le centre-ville, reconstruit après la guerre civile. L'église se trouvant à la lisière de ce périmètre nous quittons, sans transition, les ruelles hasardeuses pour déboucher sur une immense avenue à forte pente où les trottoirs sont suffisamment larges pour qu'un régiment y défile. La bâtisse est imposante, dans le style du pays, en pierres de taille. La surprise est à l'intérieur, d'une belle sobriété inattendue dans ce coin du monde. Pas de dorures, pas de surcharges, seulement des pierres apparentes, un autel presque discret et une grande croix peinte que domine une voûte majestueuse, le tout éclairé de vitraux abstraits de très bonne facture. L'ensemble donne envie de s'arrêter pour méditer. Dès le porche franchi, un bedeau nous reçoit pour nous mener au prêtre qui nous attend au salon. Il ne s'agit pas, comme je m'y attends, d'une sacristie sombre et humide, mais d'une immense pièce lumineuse d'environ deux cents mètres carrés remplie de canapés et de fauteuils récents en bois marquetés tapissés d'un damas bleuté. Aux murs, je reconnais quelques œuvres d'Amal, toutes abstraites, sauf un triptyque dont le centre est orné d'une grande croix dorée à la feuille. L'ensemble est en même temps harmonieux et suffisamment sobre pour que tout un chacun puisse se l'approprier. Le prêtre nous attend dans un coin, un livre à la main. Il me fait penser à un Jésus qui aurait échappé à la crucifixion dix ans auparavant, front dégarni, barbe encore noire, mais parsemée de blanc, yeux noisette malicieux chargés d'une bonté sans illusions. À notre arrivée, il se lève, se dirige vers nous et embrasse chaleureusement mon ami qu'il semble bien connaître. Puis il se tourne vers moi et me sert la main fermement, pendant que Nicolas nous présente, « Monseigneur Assar, je vous présente mon maître, le Général Glière ». L'ecclésiastique ne montre aucune émotion particulière ce qui me le rend immédiatement sympathique. Visiblement, pour lui, général ou gueux nous sommes tous des pécheurs. Et c'est dans un français impeccable qu'il m'adresse la parole :

- Soyez le bienvenu, je m'appelle Antoine.
- Et moi Thomas.
- Et bien Thomas, sachez que je connais Nicolas depuis toujours. Comme vous pouvez le constater, nos chemins se sont un peu séparés. C'est l'éternelle histoire du sabre et du goupillon, dit-il en riant. J'ai vu votre étonnement. Ce que nous appelons salons chez nous ce sont des salles de réunions utilisées pour les baptêmes, les mariages, mais aussi et surtout pour les enterrements. Ici, les condoléances s'étendent sur trois jours et si vous voyez autant de tables basses c'est que l'on y boit et parfois l'on s'y restaure un peu. C'est la sœur de Zeina, Amal qui est la responsable de la décoration, l'agencement et des tableaux. Sans elle, je n'y serais jamais arrivé. Même si elle est très prise par son travail, elle trouve toujours le temps de m'aider. J'ai le plaisir de sa visite bien plus souvent que de celle de mon soi-disant ami d'enfance que voilà.
- Antoine, tu es mon ami, j'apprécie ta compagnie au plus haut point et si je ne te vois pas aussi souvent que je voudrais c'est simplement parce que je suis occupé. D'autre part, juste en passant, je te rappelle que je suis orthodoxe et donc dispensé de messes, sauf à Pâques.

Nous nous sourions tous dans un moment d'amicale complicité. Des tasses et une écuelle sont arrivées, apportées par une vieille femme. Antoine refuse qu'elle nous serve et le fait lui-même. Un liquide foncé, épais et odorant emplit nos tasses que nous portons à nos lèvres. Une fois la sienne reposée, Antoine dit :

- Malheureusement, ma logique me dit qu'un général et un commandant de police ne se déplacent pas juste pour boire l'excellent café de Mariam en ma compagnie. Que puis-je pour vous ?
- Que pourrais-tu nous dire sur Maroun Saad ? demanda Nicolas, heureux de passer au vif du sujet.
- Maroun ? Que te dire de Maroun ? C'était un garçon très bien, en recherche de lui-même et de Dieu. Mon meilleur élément au séminaire.
- Il faisait de la politique ?
- Il l'avait en horreur !
- Il fumait ?
- Non.
- Je parle de fumette ?
- Pas le moins du monde.
- Les boîtes, les filles, les garçons, quelque chose ?
- Pas à ma connaissance.
- Un saint, quoi !
- Pas encore, mais…

Le prélat a beau vouloir donner à l'échange un ton souriant, il paraît ébranlé par la disparition d'un disciple exceptionnel. Le récit panégyrique qu'il en fait à Nicolas affecte ce dernier qui se recroqueville au fond de son fauteuil. De mon côté, je me dis que plus Antoine dit du bien de la victime, plus il nous sera difficile de trouver une raison à son assassinat. Plutôt que de prendre part à la conversation, je préfère me taire et écouter l'échange entre les deux amis.

- Hum. Vois-tu une raison pour son meurtre ?
- Pas la moindre, si ce n'est celle d'atteindre son père.
- Tu ne m'aides pas Antoine. Ton Maroun est lisse comme un miroir. Je ne vois rien pour m'y accrocher.
- Désolé Nicolas, mais ce que je dis n'est que la pure vérité ou tout au moins, la mienne.
- Laisse tomber, tu ne fais que confirmer ce que j'avais déjà appris dans mon enquête de proximité. Et l'autre victime, Ramzi Tarabaï, tu connais ?
- Ce qui est sûr, c'est qu'il n'est pas de mes ouailles.
- Ça n'aurait pas été impossible, Kamal Joumblat, leur chef, n'était-il pas Druze et Bouddhiste ?
- Oui, mais bouddhiste, c'est très consensuel. J'ai vu ce jeune homme une fois, à l'inauguration d'une bibliothèque. Son père et moi faisions office de célébrités. Il paraissait s'ennuyer ferme. Je ne crois pas que les livres l'intéressaient beaucoup.
- Maroun et lui avaient, à un an près le même âge. Auraient-ils pu se connaître ?
- Là, camarade, tu m'en demandes trop. Tout ce que je peux te dire c'est que je ne pense pas qu'ils aient pu

être amis. Je vois mieux ton Ramzi fréquenter Nassim s'il était là.
- Nassim ?
- Tu ne savais pas ?
- Non, jamais entendu parler. Il n'était pas à l'enterrement.
- C'est parce que Nassim est en Suisse où il fait une école hôtelière, dernier refuge des mauvais élèves des bonnes familles libanaises. Je ne l'ai pas vu depuis cet été. Il ne devait pas encore être là le jour de l'enterrement, mais il a dû arriver depuis. C'est le frère aîné de Maroun, ils se ressemblent comme des jumeaux, mais c'est leur seul point commun. Nassim est ambitieux, violent et brutal. Son but est de reprendre le siège et la position de son père pour arriver au sommet de l'état. C'est un jeune dans la lignée des garçons rois du Liban, enfants gâtés, souvent livrés à eux même, mais surprotégés. Il est du genre à prendre ce qu'il désire sans se soucier ni de l'autre ni des conséquences. Le jeune Ramzi me paraît être de la même veine.

Nicolas est visiblement très affecté par cette nouvelle, surtout par l'ignorance dans laquelle il était de l'existence de ce frère étudiant.

- Je ne sais pas encore si cela a la moindre importance pour notre enquête, mais notre ignorance montre combien notre police est médiocre. Sous prétexte qu'ici tout se sait, qu'il est inutile donc de fouiller et

de peur de déranger ces hommes de pouvoir aux bras longs, nous prenons le risque de passer à côté d'une information capitale.
- Ne te fais pas tant de bile, N'oula, là, ce ne peut être le tueur.

Son bedeau vient lui parler à l'oreille. Le prêtre se lève pour nous signifier notre congé.

- Je vous prie de bien vouloir m'excuser messieurs, mais le devoir m'appelle. C'est le jour du repas de la paroisse et le taboulé ne se fera pas tout seul.
Nicolas, reviens un peu plus souvent, s'il te plaît.
Monsieur, la maison du Seigneur vous est ouverte. N'hésitez pas à venir vous faire offrir un café, nous parlerons de la France qui souvent me manque.

C'est sur le porche de l'église que Nicolas explose.

- Je suis entouré d'incapables. Te rends-tu compte? Être passé à côté du frère. Ils vont m'entendre. Mais heureusement qu'Antoine a raison, ce Nassim ne peut être l'assassin.
- Non, mais le tueur pourrait s'être trompé de victime.

Il me regarde avec l'admiration de l'élève pour le maître. Je me sens obligé de relativiser ma déduction.

- Puisque tout le monde sait tout sur tout le monde, il y a tout de même peu de chance que ce soit le cas.

De plus, dans l'état actuel de l'enquête, cela m'apparaît être une impasse de plus.
- J'ai faim ! Nous en parlerons à table, si vous voulez bien, à la suite de ma leçon sur le Liban. Si vous aimez les sushis, il y un excellent restaurant japonais à quelques mètres.

Je n'ai pas toujours adhéré à l'idée de manger du poisson cru, mais Agnès qui avait passé quelques mois au Japon, en était fan, connaissait tous les termes et avait réussi à m'initier. Elle était la reine pour dégotter le bar à sushi inventif que nous essayions ensemble pour mieux le commenter. Depuis deux ans, l'idée de saisir des baguettes ne m'avait pas effleuré. J'acquiesce donc avec plaisir et cinq minutes plus tard, nous voilà attablés. Mon compagnon est soucieux.

- Comment cette histoire de frères qui se ressemblent a-t-elle pu m'échapper ? Déjà que je n'ai pas le début du commencement d'une piste, là…

Il se tait et je respecte son silence. Je connais trop les affres d'une enquête au point mort. Au bout d'un moment il se force à sortir de son silence. Nicolas est un homme bien éduqué.

- Un jour, après plusieurs heures d'explications sur la politique libanaise, un diplomate américain a affirmé, « Je crois que j'ai compris». Son interlocuteur, plus réaliste lui a répondu aussitôt, « dans ce cas, monsieur, c'est qu'on vous a mal expliqué ». Ce que je vais vous dire à présent n'est donc pas fait pour que vous compreniez, mais plutôt pour que vous preniez conscience qu'il est impossible de comprendre la politique de ce pays. Ne croyez pas que ce soit parce que vous êtes étranger, non pas du tout. Il est souvent plus aisé de percevoir les tenants et aboutissants d'une partie de carte ou d'échec quand on ne joue pas. Les Libanais, les députés, les ministres, le clergé, même le Président, quand il y en a un, aucun d'entre eux ne comprend. Certains considèrent ça comme dramatique, peut-être, mais j'avoue que parfois j'en suis rassuré. Il est agréable de savoir que l'on nage dans le même marigot que tous ses congénères.

Je vais tenter d'être bref. Tout a commencé lors de l'indépendance. Nos grands ancêtres, les pères fondateurs, auraient pu se contenter de copier la troisième République française, non, cela aurait été trop facile et surtout ça aurait été une constitution laïque. Nous l'avons adapté pour faire plaisir à chacun, églises, temples et mosquées comprises. Dix-sept communautés religieuses se sont partagé définitivement un gâteau à transmettre à leurs descendants. Résultat, le ridicule, la cupidité et l'impuissance en héritage ! Chacun tire à lui un bout de drap trop petit pour recouvrir ce tout petit pays. Imagine, dix mille quatre cents kilomètres carrés, vingt pour cent de plus que la Haute-Savoie, avec un PIB officiel six fois inférieur et au moins dix-sept princes, deux cents barons et leur cour qui jouent des coudes pour se faire une place autour d'un si petit gâteau. Un pays sans aucune importance, des dirigeants dénués de toute ombre de scrupule qui ne pensent qu'à s'enrichir et, depuis la guerre civile, un peuple exsangue, intelligent et même admirable de courage, mais vassal dans l'âme, toujours prêt à suivre le premier salaud venu pour quelque miettes tombées de sa table ou pire pour l'illusoire espoir d'un futur radieux. Cela laisse une place de choix aux politiques de tous poils, parasites criminels, qui piétinent le bien-être de leurs concitoyens pour mieux s'enrichir. Dans le temps, nos grands inutiles se contentaient de voler, à présent ils pillent.

- Une sorte de maffia ?
- Non ce serait trop simple, car vient se mêler à tout ça, le conféssionnalisme, une pincée d'idéologie et beaucoup d'histoire.
- Je crois comprendre.
- Non ! S'il vous plaît, ne dites pas ça ! L'électricité est coupée au moins trois heures et en fait, plusieurs fois par jour. L'eau potable doit s'acheter en bouteille et n'est pas sûre. Les poubelles ne sont pas ramassées. Ne me dites pas que vous n'avez pas senti l'horrible odeur ?
- Je pensais que c'était provisoire.
- Tout dans ce pays est provisoire. Surtout nous !
- Je retire... Qu'est-ce que le 8 mars et le 14 mars ?

- Faute d'idées, ce sont les deux groupes qui s'affrontent. Pour vous la faire courte, l'un voulait que les Syriens restent au Liban, celui du 8, et l'autre le celui du 14 voulait qu'ils partent. Il s'agit des dates de deux manifestations qui se sont déroulées en 2005.
- Les collaborateurs et les résistants.
- Pour le peuple, oui peut-être, mais pour les dirigeants pas du tout. Il s'agit pour eux d'obéir à celui qui les nourrit, que dis-je « nourrit », qui les engraisse. Pour le 8 mars, la Syrie et Téhéran, pour le 14, Riad. Pas un seul homme politique n'est l'homme du Liban. Ce sont tous les pantins dorés et dodus de leurs marionnettistes.
- Mais vous êtes une démocratie, il y a des élections ?
- C'est trop long à expliquer, juste sachez que les deux courants se neutralisent au point qu'il faut souvent plus de six mois pour constituer un gouvernement et que nous n'avons toujours pas de président depuis un an.
- Quel bordel !
- Là vous commencez à approcher une certaine réalité. Et savez-vous sur quoi ils se disputent ? Sur les places de ministres. Partout dans le monde les politiques cherchent les postes régaliens, la Défense, l'Intérieur, l'Education, les Finances. Chez nous, ce sont les postes qui rapportent qui sont recherchés, les routes, le téléphone et Internet, l'eau, l'énergie. Ce serait drôle si ce n'était dramatique.

- Il n'y a plus qu'à faire la révolution.
- C'est ce qu'espère le groupe « Vous puez ! » qui est né avec le ras-le-bol des poubelles et manifeste tous les jours au centre-ville, parfois violemment. Mais comment faire une révolution avec un million et demi de réfugiés syriens sur notre territoire et Daesh à nos frontières.
- Tu dois en être malheureux.
- Détrompez-vous, malheureux, non, dépité, sans illusion, mais malheureux non. Et comme la plupart de mes concitoyens, je n'échangerai pas ma vie ici contre une autre ailleurs.

Un sourire se dessine sur ses lèvres, auparavant tendues. Il a les yeux qui partent à la recherche de souvenirs.

- Si vous passez quelque temps ici, vous comprendrez. Dans cet immense gâchis, dans ce capharnaüm insondable, il y a quelque part une maison et sa treille, un café dosé comme vous l'aimez, des enfants qui babillent, du pain, des olives, le fromage blanc, un coucher de soleil, le rire des amis et le sourire d'une femme. Ici, avec rien ou presque, j'ai l'essentiel, la vie et en plus quelque chose de tendre, de moelleux que vous appelez tendresse, bienveillance ou chaleur, et nous « heniyé ».

6

Nous ne sommes qu'au milieu du repas et des explications de Nicolas sur les alliances contre nature entre différentes factions et l'état particulier du pays, quand apparaît un jeune homme pressé, en treillis impeccable, arborant des barrettes de capitaine. Ça me rappelle qu'ici, la police, l'armée et la gendarmerie se confondent. Arrivé à notre table, il effectue un garde-à-vous assorti d'un salut digne de Saint-Cyr ou de West Point au choix et s'adresse à mon compagnon en libanais.

- Mon commandant, votre téléphone est coupé et le ministre de l'Intérieur vous réclame.
- Le ministre de l'Intérieur, ah bon ? Je me voyais plutôt convoqué par celui de la Défense. Asseyez-vous capitaine, je suis sûr que, pressé de me trouver, vous n'avez rien mis en bouche depuis ce matin.

Le jeune homme pris de court, balbutie.

- Je ne sais si je peux, commandant, le ministre attend.
- Asseyez-vous, vous dis-je, c'est un ordre. Le ministre nous sera reconnaissant de lui avoir permis de finir son repas. Général, je vous présente mon bras droit, le capitaine Ahmad Ramdan, un sujet promis à une brillante carrière.

Le jeune militaire, rouge de plaisir à l'écoute de ce qu'il prend pour un compliment, saute de sa chaise pour me saluer dans un garde-à-vous encore plus martial que le précédent. Il doit avoir prévu différentes strates de saluts en fonction de l'interlocuteur. Je me demande lequel il servira au ministre. Il n'a jamais eu l'honneur de s'asseoir à la même table que celle d'un général et peut-être même, n'a-t-il jamais goûté aux sushis. Nicolas le devinant, commande à sa place un assortiment copieux. Tel que je connais mon ami « promis à une brillante carrière » n'avait rien d'une louange. Ce bras droit, là, ne doit pas faire partie de ses collaborateurs préférés. Pourtant, dès que la barque pleine de rouleaux arrive, il s'évertue à montrer à son subalterne le maniement subtil des baguettes. L'autre s'applique religieusement. Vingt minutes, plus tard, café bu tranquillement, il se décide à se lever et à partir. À mon désir de régler l'addition, il a répondu par un simple, mais définitif :

- Ici, nous sommes chez moi, en France, ce sera avec plaisir.

Et sans me laisser le temps de répondre.

- Ahmad, allons voir ce ministre. Mon général, voulez-vous voir à quoi ressemble un ministre libanais ou préférez-vous vous promener ?

Le « mon général » est destiné au capitaine. Je ne sais pas qu'il préfère. Ma présence pourrait autant le gêner que l'aider. Je préférerais aller me promener, mais ne suis-je pas là pour lui ?

- Comme ça vous arrange commandant.
- Eh bien, dans ce cas, allons-y ensemble !

***

Guidés par un huissier, nous sommes reçus dans le cabinet du ministre. La salle est vaste et le bureau monumental, comme il se doit pour en imposer aux visiteurs. Les fauteuils dorés alourdissent une décoration déjà écrasante. Le ministre se tient sur un trône pivotant qu'il balance de droite à gauche avec nervosité. Pas besoin d'être grand clerc pour deviner qu'il est d'une humeur exécrable. En face de lui se tient le directeur de la Sûreté qui semble vouloir disparaître dans son siège. À côté de lui, debout, se balançant d'un pied sur l'autre, gigote un officier bodybuildé, émule de Rambo, vêtu d'un battle-dress ostentatoire. Pourtant, dès qu'il aperçoit Nicolas il semble se figer pour mieux l'agresser. C'est lui qui s'adresse à mon ami dans sa langue maternelle.

- Nous t'attendons depuis deux heures, où étais-tu ?
- À table, monsieur le directeur, avec mon ami le Général Glière qui nous fait l'honneur d'une visite et m'a proposé son aide, répond mon ami en français.

Un changement d'attitude très oriental se produit instantanément. Tout le monde se lève, me tend la main. Le ministre me propose un siège dans un français lourd qui indique qu'au mieux il est anglophone au pire mal dégrossi. Il sonne un planton et réclame des cafés, puis passe la parole au directeur de la Sûreté qui la prend dans sa langue en m'ignorant totalement.

- Qui c'est ce type ? Tu crois vraiment que nous avons besoin d'un étranger pour régler nos problèmes ?
- Messieurs, les solutions et les problèmes de ce pays viennent le plus souvent de l'étranger, répond Nicolas en arabe.
- Ne fais pas le malin, commandant, rétorque le directeur de la Sûreté.
- Je ne me permettrais pas de tenter une chose pareille devant vous, chef. Mais, parfois, l'aide du meilleur policier de France n'est pas un luxe. Cette affaire est complexe.
- Tellement que peut-être elle te dépasse !

Le ministre conciliant tente une approche plus diplomatique du conflit.

- En ton absence, nous avons décidé que cette affaire relevait de l'antiterrorisme et avons confié l'enquête au commandant Hafiz.
- Antiterrorisme, qu'est-ce qui vous fait penser ça ?
- Il y a le collectif « Vous puez ! »
- Ce ne sont pas des terroristes, simplement des citoyens excédés, vous le savez parfaitement.
- Il y a eu des blessés.

- Des deux côtés.
- Il y a Daesh.
- Trop subtil !
- D'autres groupes.
- Pas assez de revendications.
- Et « Tous pourris ! » ? dit Hafiz.
- Comme d'habitude, tu vas au plus court ou dirais-je au plus simpliste.
- Je ne te permets pas.
- Comme vous voulez Messieurs, mais je ne crois pas que cette affaire ait un quelconque lien avec le terrorisme.
- Moi, je le pense, dit Hafiz.
- Puisqu'Hafiz, pense, à présent, je n'ai plus qu'à me retirer.

Il fait mine de se lever, se tourne vers le ministre.

- Je voudrais juste vous demander une grâce.
- Laquelle ?
- Souvenez-vous !

Bien que la totalité de la conversation se soit déroulée en dialecte local, j'ai compris et m'étonne de la désinvolture de mon ami. Moi-même aux moments les pires, quand mes supérieurs n'étaient que des buses bornées, je n'aurais jamais osé faire mine de quitter une réunion sans l'accord de mon ministre. Il agit comme s'il espérait un clash. Un fonctionnaire kamikaze, une chimère ! Question de culture ou raison cachée ? Néanmoins, ça marche ! Le ministre, impressionné, fait marche arrière.

- Bon, bon, mais s'il te plaît ne te fâche pas N'oula. Vous mènerez chacun l'enquête de votre côté. Je vous demande juste de vous communiquer vos dossiers.
- Mais, dit Hafiz, dépité.
- Nous avions décidé, enchaîne le directeur de la Sécurité.

Le ministre en profite pour recouvrer son autorité en montrant que le politique prime sur l'armée.

- Ça suffit ! J'ai décidé, c'est donc ainsi que vous ferez. Je veux être tenu au courant de tous vos progrès. Et toi N'oula, attention à ne pas trop en dire à cet étranger.

Puis, ne se doutant pas un instant que j'avais compris toute la conversation passée, il se lève pour nous raccompagner, me prend par le coude amicalement.

- Je suis personnellement très touché que vous soyez venu aider notre police à résoudre cette bien sombre affaire. J'ai donné des instructions pour que mes services mettent tout ce qui est en leur pouvoir à votre disposition. Bon séjour au Liban.

***

Pendant que la porte se referme sur nous, j'entends sonner le téléphone sur son bureau. Mon ami se tourne vers moi, ses traits expriment ce qu'il n'a pas laissé paraître tout à l'heure devant ses supérieurs, une rage, beaucoup de mépris et même du dégoût.

- Vous avez dû me trouver bien irrespectueux, mais l'incompétence de ce ministre m'exaspère. Ce Hafiz, c'est exactement le flic qu'il mérite. Pour réussir dans notre fonction publique, il faut se situer entre imbécillité et médiocrité. Si l'on ajoute une pincée de courbettes, le succès est assuré. Il cumule à l'envie toutes ces qualités. Par bonheur, je n'ai pas besoin de mon emploi pour vivre. Mais je l'aime et malgré mes bravades, je serais bien malheureux d'en être privé.

Il est interrompu par la sonnerie de son portable. Il écoute et répond juste par un « merci », avant de se tourner vers moi.

- Il y a eu une double explosion à Burj El Barajneh dans la banlieue sud de Beyrouth. Elles sont revendiquées par le groupe Etat Islamique et ont été perpétrées par deux hommes à pied bardés d'explosifs qui se sont fait sauter au milieu de la foule.
- Des victimes ?
- Beaucoup.
- Quelle horreur !

- Oui, c'est horrible, mais pour être pragmatique, cet attentat présente l'avantage de desserrer un peu l'étau sur notre enquête et d'occuper pleinement ce cher Hafiz. Nous sommes à nouveau libres.
- Maigres avantages.
- Ça dépend du point de vue où l'on se place.

Je le trouve bien cynique, mais qui suis-je pour juger. Ici, ou à côté, c'est la guerre permanente. Les combattants sont tous sanguinaires et partout ce sont les civils qui payent. De toute façon, hormis les nouveau-nés, il y a peu d'innocents. Pendant que certains pleurent et d'autres souffrent, ce soir comme tous les soirs, dans d'autres quartiers de la ville, des jeunes gens feront la fête, les restaurants seront pleins à craquer et rien n'empêchera les amoureux de s'aimer. Ici, en réduction nous avons une image du monde où vie et mort se côtoient sans se reconnaître. Et puis, en effet, il a raison, nous voilà pour un temps hors de portée temporaire des foudres ministérielles.

- Une balade à pied nous fera du bien. Je vous amène prendre un « jeleb » dans notre vieille ville reconstituée. Nous reprendrons l'analyse de nos crimes plus tard.

Comme c'est le jeune officier de tout à l'heure qui nous a accompagnés, nous n'avons pas à nous encombrer de l'immense voiture. Notre périple nous fait passer devant la synagogue de Beyrouth remise à neuf depuis peu. Je m'étonne de cette sollicitude.

- C'est pour la galerie. Une sorte de publicité d'État ! Personne n'y priera jamais, car il ne reste plus qu'une poignée de juifs au Liban, probablement pas assez d'hommes pour sortir les Tables de la Loi qui d'ailleurs ne me paraissent pas être là. Le lieu est trop peu sûr, me répond mon ami.

Avant de nous attabler dans un des nombreux bars d'un centre-ville entièrement rénové, mon ami m'explique. J'apprends que ce sont des Français qui se sont chargé des façades d'immeubles. L'ensemble est harmonieux et reconstitué avec un grand respect du passé, mais un peu trop mis à neuf. Nous nous posons enfin à la terrasse d'un café récent pour déguster le fameux « jeleb », un sirop de dattes sur glace pilée dans lequel baignent pignons de pins, raisin de Corinthe et pistaches décortiquées, délicieux qui m'offre autant à boire qu'à manger.

J'observe les allées et venues des promeneurs, peu nombreux. Les rues sont pourtant piétonnes et la température ambiante douce. Passent quelques hommes et régulièrement une jeune femme qui paraît s'être changée à chaque apparition nouvelle. J'en fais part à Nicolas en lui montrant la fille.

- C'est drôle, pourquoi cette fille passe dix fois dans différentes tenues.
- Ce n'est pas la même fille, voyons. Serait-ce que votre vue baisse, cher Thomas ?

- Mais enfin, je ne suis pas fou, c'est la même. Même nez, mêmes lèvres, pour tout dire, mêmes fesses.

Mon ami, jusque-là tendu par le souvenir de sa rencontre avec le ministre, éclate de rire.

- Bienvenu à Beyrouth ! Les hommes sont morts pendant la guerre ou partis à l'étranger tenter l'aventure. Ici, il y a quatre femmes pour un homme. Leur vie n'est pas facile. Attraper un mâle est presque impossible, alors elles font tout ce qui est en leur pouvoir pour être attirantes. La chirurgie esthétique fait un malheur au Liban. Presque toutes passent au bistouri, souvent à crédit. Et comme elles ont toutes le même idéal, ressembler à une chanteuse célèbre ici, elles se ressemblent toutes. Voici résolu votre mystère ?
- Complètement ! Mais il y a autre chose de frappant. Malgré tout ce monde qui va et vient, il manque quelque chose à ce lieu.
- Mon père pensait la même chose. Il l'avait connu, moins beau, moins propre, mais grouillant d'échoppes. Il manque les souks et leurs dédales et surtout, disait-il, il leur manque l'âme. Dommage qu'il nous ait quittés l'année dernière, vous vous serez bien entendus.

Puis, après avoir jeté un œil sur sa montre.

- Rentrons ! Nous avons du pain sur la planche.

7

Nous commençons par positionner les photos des quatre victimes sur le plus grand des tableaux dans leur ordre de décès. Les deux policiers en haut au centre, à droite Maroun Saad le futur prêtre, un peu plus bas à gauche, le jeune Ramzi Tarabaï. Tout le bas du tableau demeure blanc, comme si nous pressentons, lui et moi que d'autres victimes pourraient suivre. C'est moi qui commence à poser les questions censées nous amener la lumière.

- Avez-vous trouvé un lien entre toutes ces personnes ?
- Pour l'instant, aucun de tangible.
- Pouvez-vous me relater votre enquête à partir de la découverte du corps de Maroun Saad ?
- Bien sûr ! Il avait sa carte d'identité sur lui et rien ne semblait lui avoir été volé. Après avoir confié le corps à la scientifique, j'ai naturellement averti mon supérieur, Nasser Obeyda. Je vous le présenterai demain. C'est un brave homme qui s'est fait tout seul à la force du poignet, heureux d'occuper un poste auquel il ne rêvait même pas. Il est intelligent, convenablement solidaire des collaborateurs qu'il apprécie. Pour le poste qu'il occupe, je crois pouvoir affirmer qu'il est même raisonnablement honnête. Il

sera à la retraite d'ici dix-huit mois, ce qui le rend prudent à l'extrême et peu enclin à se charger des tâches risquées. Sur l'instant, il m'en a sûrement voulu de lui annoncer l'assassinat du fils d'un député, une tuile dont il se serait bien passé. Néanmoins, après une courte discussion nous avons convenu que ce serait lui qui en avertirait la hiérarchie pendant que moi je me rendrais chez les parents. Je m'étonne qu'il n'ait pas été convoqué par le ministre, tout à l'heure.
- Typique petit chef !
- Non, bien mieux ! Ici, vu la taille du pays, c'est un personnage assez important. Croyez-moi, la Judiciaire est l'un des derniers lieux où nous sommes encore nommés sur d'autres critères que le népotisme ou les pistons politiques. Bref, je me suis donc rendu immédiatement chez les Saad. Comme tout le monde, je déteste annoncer ce genre de nouvelles. Le seul avantage d'être le messager du malheur est de surprendre parfois des réactions spontanées étonnantes. C'est vous qui me l'avez appris, maître !

En effet, cela faisait partie de mes cours d'antan. Je suis aussi flatté qu'étonné qu'il s'en souvienne encore et ne peux m'empêcher de le lui faire remarquer.

- Je suis le vase que vous avez modelé.

À l'époque où je l'ai connu, j'en aurais été plus que fier. Aujourd'hui, mon ego largement effrité trouve ça exagéré, mais il est inutile de répondre, nous avons à travailler. Nicolas qui est assez fin pour ressentir ma gêne revient à notre sujet.

- Dix kilomètres et une heure plus tard, je me retrouvais chez ses parents à Yarzé, c'est dans les hauteurs de Beyrouth : une grande maison moderne, entourée de pins parasols sur un terrain entièrement clos, à l'entrée, une barrière, une guérite et deux hommes en armes. J'avais préféré prendre ma Volvo, plus discrète que la Hummer de ce cher Ali. À la vue de mes papiers, les gardes me laissaient passer, une jeune philippine m'ouvrait et je me retrouvais bientôt au milieu d'un immense salon, admirant une vue panoramique de Beyrouth. L'attente a été de courte durée. Moins de cinq minutes plus tard, Joseph Antoine Saad et son épouse Tania descendaient me rejoindre.

Il sort de sa poche un petit boîtier, grand comme un paquet de cigarette, mais plus plat et le pose sur la table de la salle à manger, entre nous.

- À ce moment-là, je vous avais déjà écrit et espérais votre venue. J'ai décidé de tout enregistrer pour vous permettre de partager. Au pire, si vous ne veniez pas, ces enregistrements m'auraient servi de pense-bêtes.
- Quelle bonne idée, vous faites ça souvent ?
- C'est la première fois. À dire vrai, l'appareil appartient à mon fils qui s'en sert pour enregistrer

> certains cours. Ce truc dispose d'une capacité d'écoute de cent heures et le contenu peut être sauvegardé sur ordinateur. Je le lui ai emprunté contre la promesse d'une séance de tir au stand d'entraînement de la police.

Il appuie sur un bouton et un son parfaitement clair me permet d'écouter la conversation comme si je me trouvais dans la pièce avec eux.

> - *Bonjour ! Dois-je dire commissaire ou commandant ?*

La voix de l'homme contient un fond d'angoisse à peine caché.

> - *Comme vous voulez, monsieur le député.*
> - *Ma femme, Tania !*
> - *Enchanté, Madame.*
> - *Auriez-vous des nouvelles de Maroun ? Comme on a dû vous le dire, cela fait depuis trois jours bientôt que nous n'arrivons pas à le joindre et sa mère s'inquiète beaucoup. Ce n'est pas du tout dans ses habitudes de nous laisser sans nouvelles.*

Mon ami met l'appareil en pause.

> - Personne ne m'en avait rien dit. Je ne savais plus du tout comment me comporter. Ces gens croyaient que je venais procéder à une préenquête sur la disparition de leur fils et moi je venais annoncer sa mort. De plus, j'étais assez furieux de n'avoir pas été mis au courant.

- *Qui avez-vous contacté à la police ?*
- *Le commandant Hafiz, de la sécurité du territoire. Vous connaissez certainement.*
- *Oui, oui, bien sûr.*
- *Vous ne le saviez pas.*
- *À dire vrai, non.*

Là c'est la femme qui parle. Elle a immédiatement compris qu'il se passait quelque chose de grave et paraît affolée.

- *Si vous ne le saviez pas, qu'êtes-vous venu faire ?*
- *Je viens vous annoncer… que nous avons retrouvé, tout à l'heure, le corps de votre fils. Il a été assassiné.*

Il met à nouveau l'appareil en pause.

- *J'ai arrêté l'enregistrement pour aider le père à porter secours à sa femme qui se roulait par terre dans une crise d'hystérie que je ne pouvais que comprendre. J'aurais voulu être plus délicat, mais les circonstances ne l'ont pas autorisé. Il a fallu une bonne demi-heure et l'arrivée d'un médecin pour qu'avec l'aide de ce dernier et de la femme de ménage la mère de Maroun rejoigne sa chambre et que je puisse avoir un entretien avec le père dans son bureau. Je l'ai trouvé très calme, pas serein, mais calme, du calme d'un homme blessé qui tente de ramasser ses forces pour bondir.*
- *Dites-moi tout, commissaire et sans rien omettre s'il vous plaît.*

- *Nous avons trouvé votre fils une balle dans la nuque.*
- *Où ?*
- *Dans la nuque.*
- *Non, mais où l'avez-vous trouvé ?*
- *Dans la déchetterie de la Quarantina.*
- *Quelle horreur, ce pauvre Maroun, si soigné, dans une déchetterie.*
- *J'ai besoin de vous poser quelques questions, monsieur le député, mais cela peut attendre.*

À ce moment, le ton du député change du tout au tout. Plus d'émotion, juste une rage maîtrisée.

- *Je suis à votre disposition. Allez-y, commissaire, je veux que vous trouviez le salaud qui a fait ça et vite. Après...*

Un long silence.

- *Votre fils habitait-il avec vous ?*
- *Non, nous lui avions pris un appartement en ville. C'était plus pratique pour ses études.*
- *Que faisait-il comme étude ?*
- *Il se destinait à la prêtrise au grand dam de sa mère.*
- *Lui connaissez-vous une petite amie ?*
- *Il voulait devenir prêtre, commissaire !*
- *À son âge, ça aurait été possible.*
- *Il plaisait beaucoup, mais je ne l'imagine pas céder à la tentation.*
- *Lui connaissez-vous des ennemis ?*

- *Non, pas que je sache. Ce garçon était une sorte de saint. Je ne sais pas d'où il tenait ça !*
- *Voyez-vous autour de vous quelqu'un vous détestant assez pour vouloir vous atteindre à travers votre fils ?*
- *Monsieur le commissaire, je suis un homme politique, j'ai des adversaires et même des ennemis…*

Il hésite longuement.

- *Dans mon domaine tous les coups sont permis, mais là je ne vois pas. Je ne suis ni ministrable ni présidentiable. Si un nom m'apparaissait plausible, je vous promets de vous le faire savoir immédiatement. Autre chose ?*
- *Votre fils sortait-il le soir ?*
- *Si vous parlez de boîtes de nuit, dancings ou autre lieu de débauche, je suis formel, non. Par contre il lui arrivait de dîner en ville avec des amis. Est-ce tout ?*
- *Je vous remercie et vous prie de m'excuser pour avoir annoncé la triste nouvelle si brutalement.*
- *Vous êtes tout excusé commissaire, la brutalité ici ne vient pas de vous, mais de la réalité. Il n'est pas normal de perdre un fils, ce n'est pas dans l'ordre des choses. Vous avez des enfants ?*
- *Deux, Monsieur !*

- *Que Dieu vous les garde ! Moi j'ai l'impression qu'on m'a arraché le cœur. Je ne vous demande qu'une chose, retrouvez ce salaud !*

La fraîcheur entre doucement dans l'appartement. Nicolas arrête l'appareil. Pour m'expliquer que ce qui suit est moins facile à comprendre. Il s'agit de son enquête auprès d'un videur de boîte qu'il a interrogé. Il sait la différence entre une langue apprise et une langue parlée. Le député s'exprimait en un libanais châtié, le videur, en langage populaire.

- Écoutons la bande, ensuite je vous traduirai.

C'est ce que nous faisons sans l'arrêter. L'homme parle vite, avale les mots et fleurit son discours d'un argot inconnu. Les phrases me sont le plus souvent incompréhensibles par manque d'habitude aussi bien que par absence de vocabulaire. Je l'avoue, tout en soulignant l'impression de sincérité qui se dégage de l'entretien.

- L'homme est un ex-videur connu du monde de la nuit sous le sobriquet de Geargoura. Il a travaillé dans la plupart des lieux festifs de la ville dans lesquels par ailleurs il est souvent associé ; le White, le Skybar, le BO18, le Basement, leBubble et d'autres. Il s'agit de l'un de nos indics les plus fiables. Sur cet enregistrement, il affirme que le jeune Saad était jusqu'à la fin de l'été un client assidu. Il le décrit comme collant avec les filles, agressif, et pas des plus faciles à gérer une fois éméché. Il assure que si le gamin n'avait pas été fils de député, il l'aurait systématiquement refoulé.

Notre Geargoura ne l'appréciait donc pas, mais continuait d'entretenir avec le gamin des relations cordiales, car avoir un fils d'une d'huile dans sa manche, ça peut toujours servir.

Ce qui a vexé notre témoin ce sont deux rencontres qu'il a trouvé déshonorantes, car les deux fois, notre victime l'a ignoré faisant celui qui ne le connaissait pas. Geargoura en a été très meurtri d'autant plus qu'il se prend pour une vedette. Si je ne connaissais l'homme depuis des années, si je ne savais pas ses fanfaronnades et son courage limité à la portée de sa voix, il aurait fait un coupable potentiel. Mais je connais le gars, plus apte à fermer les yeux sur un pétard ou une ligne de cocaïne contre un petit billet qu'à jouer les Cyrano. Dans son métier, au bout de trente ans, on en a vu d'autres.

Il se tait, va prendre au frigo deux bouteilles d'eau gazeuse, m'en tend une et attend que je me décide à parler.

- Qu'a donné la perquisition de l'appartement du jeune Maroun ?
- Rien d'intéressant, si ce n'est des livres, beaucoup de livres et un ordinateur qui est à l'étude, mais qui, à ce jour, n'a rien révélé.
- Trois témoignages, tous les trois fiables ? Mettons de côté le père. Les parents ignorent le plus souvent les secrets de leurs enfants. Il reste deux témoignages

qui paraissent dignes de foi, celui du videur et celui du prêtre. Soit la victime était un fieffé dissimulateur, soit il s'agit d'hommes différents. Pourquoi pas deux frères, Nassim et Maroun qui se ressemblent comme des jumeaux et sont semble-t-il totalement différents de caractère. Le videur qui a connu Nassim en boîtes n'aurait pas été reconnu par Maroun au café. Le père Antoine n'a-t-il pas dit avoir vu Nassim cet été ?

- Votre raisonnement se tient, mais ne nous fait pas avancer. Que viennent faire ces deux jeunes, sympathiques ou pas, avec les deux policiers et le « Tous pourris ! » ?
- Je n'en sais encore rien et suis d'accord avec toi. Il y a pu avoir confusion entre les deux frères, mais est-ce une clef ou simplement une énigme de plus ? Et si nous nous attaquions au quatrième homme, le fils du député druze ?
- Avec plaisir ! Tout d'abord, il y a une différence entre les deux pères. S'ils sont tous deux des politiciens accomplis, leurs parcours diffèrent assez radicalement. Saad est issu d'une vraie famille montagnarde du nord, il vient d'Ehden, village haut perché d'où par beau temps il est possible d'entrevoir Chypre. Son père était un juriste devenu le conseiller indispensable du clan Gemayel et c'est un peu par la force des choses que le fils s'est retrouvé député. Il a, un temps, été suffisamment pur pour tenter des choses, mais avec le temps et une

forme de sagesse il a fait comme tous les autres, des affaires. Il s'est spécialisé dans l'achat de terrains inconstructibles qui le devenaient dès qu'il s'en était emparé. L'autre, Fouad Tarabaï, est un Druze de Sofar, proche village de montagne à une vingtaine de kilomètres de Beyrouth, sur la route de Damas. Il est issu d'une famille de voleurs de poules que les responsables druzes craignent et ménagent pour avoir la paix. Fouad, jeune avocat, se trouva être le meilleur candidat à servir de caution pour mettre son clan au pas. Lui, à peine député, n'a pas attendu pour s'en mettre plein les poches en vendant sans état d'âme sa voix au plus offrant, sans s'éloigner tout de même trop de celle de son chef de file. Il est impliqué dans différentes affaires douteuses, dont une sombre histoire de cimetière urbain censé être transformé en parking. Il aurait aussi des intérêts dans la construction d'une déchetterie fantôme. Il est divorcé et voyage beaucoup, surtout en Angleterre où l'on dit qu'il fréquente une amie très chère. Je lui ai annoncé le décès de son fils par téléphone et dois le rencontrer demain après la sépulture.

- « Tous pourris ! »
- Oui ! Je crains le pire, car si c'est vraiment l'idée du tueur, les crimes ne font que commencer.
- Ça se pourrait, mais il se pourrait aussi que ce soit l'arbre qui cache la forêt, un leurre ou un demi-leurre.
- Que voulez-vous dire par là ?

- Je ne sais pas encore. Parlez-moi du fils.
- L'enquête ne fait que commencer. Mais en gros, c'est le garçon qui vient après une fille, le chouchou, le roi, l'héritier. Papa rattrape toutes ses frasques. L'année dernière, il a renversé un paysan sur la route de Faraya. Le père a indemnisé la famille, étouffé la procédure dans l'œuf et à titre de punition, lui a offert une nouvelle Porsche. Ne sachant pas trop qu'en faire, il l'a envoyé à Dubaï, dans une école privée, type business school, très chère et localement cotée. Il en a été renvoyé pour une sombre affaire de drogue. Les proprios avaient beau aimer l'argent, s'en fut trop pour eux. Il a même perdu son permis de séjour dans l'histoire, ses longs bras de député libanais n'arrivant pas à faire plier émirat, mais réussissant tout de même à éviter le scandale.
- Un drôle de coco que ce Ramzi.
- Il était visiblement peu recommandable, mais de là à se faire assassiner, il y a un monde.
- Peut-être quelqu'un de plus vindicatif que la famille du paysan écrasé ?
- Pourquoi pas, mais où se situe le lien entre deux ripoux, un demi-saint et un voyou ? Et quel peut bien être la nature de ce lien ? Avez-vous interrogé le videur à son sujet, comment déjà, Geargoura ?
- En premier ! Il le connaissait bien, le méprisait un peu et le craignait beaucoup. Il affirme que le garçon était presque toujours accompagné de gardes du corps, plutôt patibulaires.

- Vous les avez interrogés ?
- Oui, mais sans résultat. C'est le père qui les imposait à son fils et cela fait une semaine qu'ils n'ont pas été sollicités. Comme ils sont mensualisés, ces forts à bras ne s'en sont pas inquiétés. Ils se sont contentés d'arrondir leurs fins de mois en protégeant d'autres fils à papa. Nous avons vérifié, c'est exact.
- Le videur sait-il si le jeune Ramzi connaissait l'un des fils Saad ?
- Il n'a pas fait attention, mais affirme que selon son expérience, je cite, les « fouteurs de merdes » se rassemblent souvent.

Le téléphone du commandant sonne, interrompant la conversation. Il colle son oreille au combiné et fait répéter chaque mot à son interlocuteur. Puis, se tourne vers moi, déprimé.

- C'était la balistique. Ils confirment que d'après les dégâts causés par l'impact, l'arme utilisée dans les quatre exécutions est de même calibre, probablement issue d'un Beretta, mais ils ne peuvent l'assurer. Nous n'avons trouvé aucune douille et la seule balle trouvée dans le crâne de Hassan Traboulsi est en trop mauvais état pour être exploitée. La seule certitude c'est qu'il s'agit bien d'une balle de calibre 9mm parabellum, mais d'autres armes les utilisent. Elles sont peu utilisées au Liban, mais c'est possible.
- Ce n'est pas une bonne nouvelle, en effet.

8

Nous avons à peine eu le temps de déboucher un soda que le portable de mon ami sonne à nouveau. Au bout de dix secondes d'écoute, je l'entends dire à son interlocuteur « J'arrive ! ».

- Voilà, nous avons l'autorisation de perquisition. Pas facile de bousculer les prérogatives des députés locaux ! À dire vrai, sans l'accord du père Tarabaï nous n'y serions jamais arrivés. Le jeune capitaine que vous avez vu au japonais, Ahmad Ramdan, est dans l'appartement de Ramzi. C'est tout près, à Raouché, la Hummer passe nous prendre d'ici cinq minutes.

J'ai à peine le temps de remettre ma veste et de dévaler les deux étages à la suite de Nicolas que la voiture est devant la porte avec Ali au volant. En effet, à vol d'oiseau c'est à moins de deux kilomètres, mais avec la circulation il nous faut bien vingt minutes pour arriver devant un immeuble de front de mer, moderne et ostentatoire, tout habillé de marbre. Comme le fils Tarabaï ne travaillait pas, il va sans dire que son père le voulait bien logé. Nous prenons en silence un grand ascenseur habillé de miroirs qui nous mène au treizième et dernier étage. Le capitaine et des hommes en combinaisons blanches nous attendent dans un appartement de grande taille que prolonge une terrasse de plus de cinquante mètres. Je ne peux m'empêcher de m'extasier devant tant de luxe.

- Drôle de chambre d'étudiant. C'est immense !
- Bienvenu au Liban. Ici, seuls quelques commerçants et quelques gogos payent l'impôt. Les gens riches, politiciens de surcroit, s'en exonèrent. N'oubliez pas que le papa est député, son fric volé est donc par nature exempt de toute taxe.
- Oui, mais c'est tellement ostentatoire. Chez moi, au moins, il se serait caché.
- Hahaha, mais de qui voulez-vous qu'il se cache ? De plus cet appartement est discret pour le pays.
- C'est juste un two-bedroom appartement. Son père habite le reste de l'étage, intervient Ahmad en franglais, trop heureux de montrer qu'il s'est renseigné.
- À quelle taille l'estimez-vous ?
- Je dirais trois cents mètres carrés et celui du père, pour ce que j'en ai vu, mille deux cents.
- Tu as vu l'appartement du père, intervient Nicolas?
- Je suis allé chercher les clefs. C'est une bonne srilankaise qui m'a ouvert. Sa fille est là. Elle doit habiter avec son père.
- Pour le garçon, une garçonnière de nabab, pour la fille une cage dorée, dit mon ami. Vive l'Orient !

Les hommes en blanc s'affairent pendant que nous visitons les lieux. Tout a été nettoyé, l'aspirateur passé, le lit fait à neuf, la cuisine rangée. L'une des femmes de ménage de la famille est passée par là. Le bar est impressionnant. Il n'y manque pas une seule sorte d'alcool. Derrière la cuisine une réserve est suffisamment achalandée pour permettre une fête ininterrompue de trois jours pour quarante convives. Un dressing grand comme deux chambres à coucher offre à nos regards une quantité incroyable de vêtements et d'accessoires de marques qui ferait blêmir d'envie un prince de sang britannique ou une vedette du showbiz. Les hommes de la scientifique ne se laissent pas impressionner et sondent les parois, ainsi que l'immense miroir du fond entouré d'une guirlande de rosaces en cristal. Ils insistent. Peut-être ont-ils perçu une incohérence architecturale. Au bout de quelques minutes, l'un d'entre eux, apparemment leur chef pousse l'une des rosaces de coin et un mécanisme caché fait pivoter lentement le miroir découvrant une pièce de cinq à six mètres invisible auparavant. Nous sommes sidérés, vissés à nos places et regardons la découverte de l'autre bout de la pièce. Celui qui a déclenché l'ouverture entre avec précaution dans la pièce et après un court instant d'inspection, nous fait signe de le rejoindre. Sur le mur de droite nous pouvons voir à hauteur d'homme des armes, plus bas des sachets et des fioles, sur le mur d'en face des fouets, des menottes et tout un équipement sado/maso allant de vêtements spéciaux en latex, masques et même chaise pliable de torture. Il en va de même pour le mur de gauche qui accueille aussi une collection de DVD. Nous sommes au paradis du prédateur sexuel violent. C'est Nicolas qui sort le premier du silence.

- Sacrée trouvaille ! Omar, tu es le plus fort.

Celui qui a découvert le mécanisme secret se tourne vers nous pour recueillir nos compliments. Nous applaudissons tous, presque sans bruit, probable désir de jouir un peu de notre découverte sans alerter l'appartement voisin.

Quelques minutes plus tard, Omar et ses hommes commencent à procéder aux différents prélèvements, mais avant ça ils passent la fameuse lampe bleue. Les murs, les fouets et beaucoup d'autres objets sont maculés de sang. Nicolas me prend par le bras.

- Nous n'avons plus rien à faire ici. Omar et ses hommes sauront faire parler les lieux.

Il salue les hommes de la scientifique, puis son adjoint.

- Ahmad, nous partons. Dès que tu as le rapport de ces messieurs, tu me le fais passer où que je sois, d'accord.

L'autre fait mine de se mettre au garde-à-vous, se trouve ridicule et suspend son geste.

- A vos ordres, mon commandant.

Quand nous sommes arrivés sur le palier, je ne peux m'empêcher de lui demander s'il ne serait pas opportun d'interroger la sœur. Il me dit qu'il préfère attendre l'autorisation du père.

- Nous pourrions, mais il vaut mieux attendre de voir le père. Sinon Fouad Tarabaï pourrait en prendre

ombrage et nous mettre des bâtons dans les roues. Attendez-moi une seconde s'il vous plaît.
Il revient sur ses pas, entre à nouveau dans l'appartement de la victime, dit quelques mots à son adjoint et à Omar et revient vers moi. Dans l'ascenseur il me chuchote.

- J'ai préféré enfoncer un peu le clou. Ici, les secrets sont mal gardés. J'ai voulu rappeler à tous leur obligation de discrétion. Au moins, maintenant je peux espérer des fuites sans gravités. Penser qu'il n'y en ait pas du tout relève de la naïveté. J'espère que vous avez faim.
- Maintenant que vous le dites, oui !
- Tant mieux, car nous dînons chez Karam, repas libanais traditionnel. Je suis sûr que vous allez aimer, pressons-nous. Il est déjà sept heures et demie. Zeina et Amal nous y rejoignent à huit heures.

***

Beyrouth – 11 novembre – Mon Amour, je revis. Cette enquête offre un engrais inespéré à ma renaissance. Même si j'ai souvent besoin de calme et de recueillement cette agitation vient à point nommé. Pourtant, je peux te l'avouer, la solution de ces crimes m'échappe totalement. La lumière viendra sûrement, mais pour l'instant, rien. L'Occidental que je suis arrive souvent en Orient avec un fond de sentiment de supériorité. Il a bien tort, car, en ce qui concerne la police, la compétence est au rendez-vous. Nicolas n'est plus le jeune homme timide que nous avons connu, il s'est affirmé. L'idéaliste d'antan s'exprime avec force et conviction, mais paraît blasé, déçu et sans illusion. Il est très critique envers ses pairs et ses chefs. Moi aussi, certes, mais chez lui il y a une sorte de rage méprisante. Enfin tout cela tu le sais puisque tu vis en moi. Ce n'est pas de cela que je veux t'entretenir. Amal me plaît et je crois que je ne lui suis pas indifférent. Il y a du toi en elle, même si vous êtes très dissemblables. C'est une femme debout, intelligente et fière, et très belle aussi. J'ai peur, très peur. J'ai envie de me lancer, mais j'ai une telle crainte de te perdre définitivement. Et puis je me sens trop rouillé pour savoir encore aimer. Demain matin, elle m'a invité à un café dans son atelier. Tout cela me perturbe. Je ne sais pas si je vais pouvoir m'endormir. Peut-être qui si, à présent que je t'ai fait part de mes angoisses. Les jeunes gens ont repris leur partie de « trictrac ». C'est le nom local, plus que mérité du jacquet. Ça n'aide pas au sommeil. Viens te lover dans le creux de mon bras.

Je tente de faire le vide, de mettre de côté l'affaire en cours pour me remémorer les heures passées au restaurant. C'est souvent comme ça que je finis par trouver le sommeil. La soirée a été délicieuse tant par les mets que par l'ambiance. Zeina, la femme de Nicolas est un mélange entre une maîtresse femme et une femme très drôle. Maintenant qu'elle me connaît un peu mieux elle se lâche. Il apparaît vite que c'est elle qui s'occupe de tout ce qui est matériel dans le couple. Elle gère les deux immeubles de son mari, s'occupe de percevoir les loyers et fait office de syndic. Elle est en même temps fière de sa confiance, certaine de ses capacités à faire mieux que lui dans ce domaine. Pour elle, tous les hommes sont des enfants qui ne pensent qu'à jouer. Son admiration pour son mari est tempérée par cette considération et par la peur qu'elle a de le perdre dans une échauffourée. Amal, elle est plus sur la réserve. Elle n'a pas, semble-t-il, eu que de bonnes expériences masculines et son divorce paraît avoir été une véritable épreuve. L'arak faisant son effet sur une journée bien chargée, nous sommes vite venus à nous considérer tous comme des amis de toujours. Je compte les kébés, les ftayers, les sambouseks et feuilles de vigne comme on compte les moutons…

9

Je suis encore à table, les serveurs passent et repassent les plats, sans jamais servir Nicolas que j'alimente par le monticule qui grandit dans mon assiette. Zeina a été remplacée par Agnès qui parle avec Amal de moi. Elle lui raconte mes défauts et faiblesses en riant, tout en lui prodiguant une foule de conseils pour me rendre heureux. On dirait un passage de flambeau. J'ai du mal à entendre ce qu'elles se disent tant les serveurs se font pressants. Je tente sans succès de freiner leur rythme quand sonne une alerte.

C'est le téléphone portable que m'a remis Nicolas. Le réveil est pénible. Où suis-je ? Je ne reconnais pas les lieux tout de suite et manque de faire tomber le portable du chevet où il se trouve, typique syndrome de la chambre d'hôtel. Quand enfin je décroche, j'entends mon ami me dire.

- Ouf, j'ai cru que vous aviez égaré votre téléphone ou qu'il était éteint. Nous avons un autre meurtre. Pas le temps d'appeler Ali, je passe vous prendre avec la voiture de ma femme dans dix minutes, la Clio avec laquelle je vous ai raccompagné hier soir. Rendez-vous en bas de l'immeuble. Ah, au fait ! Prenez votre passeport avec vous.

Je suis encore suffisamment endormi et vaseux pour demander.

- Mon passeport ?
- Eh, oui ! Comme vous êtes arrivé dans une base privée, je n'ai pas pensé à votre visa. Vous êtes un clandestin, mon général. Tout à l'heure, j'enverrais Ali vous faire apposer le précieux tampon. Je ne voudrais pas avoir à vous repêcher dans un centre de rétention. Nous recevons, bon gré mal gré, plutôt mal gré, un million cinq cent mille réfugiés syriens, mais cela ne nous empêche pas d'avoir une administration chatouilleuse sur les règles.

En regardant dehors, je m'aperçois que nous sommes encore en pleine nuit.

- Mais, quelle heure est-il ?
- Quatre heures, pourquoi ?
- Pour rien, pour rien…

Une douche rapide achève de me réveiller. Il me reste à enfiler vaille que vaille mon jean, mettre un tee-shirt propre, mais chiffonné, attraper mon blouson et descendre les escaliers. Ce que je fais à la même vitesse que celle d'un troufion au service militaire. À peine ai-je ouvert la porte en fer forgé de l'immeuble que je vois les phares de la Clio de Zeina.

***

Seul avantage de l'heure plus que matinale, il nous faut moins de cinq minutes pour arriver en haut de la corniche, devant une grande roue toute rouillée. Des projecteurs ont été installés, la scientifique a bouclé le périmètre et tous sont déjà au travail devant une Porsche Cayenne noir porte avant gauche ouverte. Un corps gît au sol recouvert par une couverture de secours qui lui fait un linceul doré. Nous approchons du corps en passant par le couloir autorisé. Nicolas soulève la protection, observe, me fait signe de le rejoindre. La victime a reçu une balle dans la tempe, tirée à bout portant. Ce n'est pas beau à voir. Nicolas s'adresse au médecin légiste. C'est un homme encore jeune, visiblement, lui aussi tiré du lit. Il a enfilé un pantalon et un sweat et porte des crocs aux pieds.

- Hanna, dis-moi ce que tu sais déjà.
- Ce que je sais, primo, c'est que le rythme des meurtres doit ralentir, car bientôt nous n'y arriverons plus. Secundo, j'aimerais que les corps soient découverts à des heures plus conformes à mes besoins en sommeil.
- Arrête de râler, est-ce que je me plains, moi ?
- Toi, tu t'amuses, tu payerais pour que ça ne s'arrête jamais.
- Peut-être bien, répond Nicolas enjoué. Mais plus sérieusement ?
- Tes victimes sont toutes plus riches que moi. T'as vu celui-ci avec sa Cayenne et moi, ma Seat. Pourtant,

moi j'ai fait dix ans d'études et je suis certain que celui-là sait à peine lire et écrire.
- Hanna !
- Que veux-tu savoir d'autre, commandant N'oula ?
- Tu sais bien, l'heure, la manière, etc.
- Vous êtes le fameux général Glière ? Je me présente, puisque Nicolas n'en trouve même pas le temps. Hanna Younes, médecin légiste, esclave du tueur de « Tous pourris ! » et d'un certain commandant de police qui ne dort jamais.
- Enchanté, mais peut-être que pour cette fois, ce ne sera la faute ni de l'un ni de l'autre, dis-je en souriant. Malgré sa profession peu engageante, le légiste est sympathique.
- Inch'allah, mais…

Puis, reprenant son sérieux :

- Heure de la mort, minuit à une demi-heure près. La balle a été tirée à cinquante centimètres environ et non à bout « touchant », les traces de poudres sont plus étalées et moins denses. Nous en saurons plus demain, après l'autopsie.
- Merci, Hanna, tu m'appelles dès que tu as trouvé quelque chose, s'il te plaît.

Le médecin s'éloigne tout en nous faisant un signe d'au revoir de la main. Omar arrive vers nous avec dans les mains des objets sous sacs plastiques.

- Bonjour commandant. Comme vous le voyez, mes hommes et moi ne chaumons pas. Sûr qu'en haut lieu ils penseront à nous récompenser.
- Si les rêves des justes se réalisaient, ça se saurait, Omar. Quoi de neuf.
- Beaucoup pour une fois.
- Tu m'intrigues.

L'homme en blanc, sort un premier sac qui contient une carte d'identité.

- La victime s'appelle Sharif Maamarbachi et habite Hamra. Il est âgé de trente-six ans.

Puis, il sort un autre sac, contenant une douille. Il exulte.

- Tataaa ! Nous avons trouvé une douille.
- Formidable ! Nous allons pouvoir bientôt avoir confirmation de l'arme.
- Je pense que demain vous aurez vos résultats. Nous avons trouvé à dix mètres du corps une voiture portes ouvertes qui parait être la sienne. J'y ai envoyé deux hommes. Ils ont découvert pas mal d'objets qui pourraient faire penser que cet homme se tenait prêt pour une agression ; une matraque, une barre à mine, un poing américain, un vieux pistolet Glock 17 et une boîte de munition.
- Comme cinquante pour cent des Libanais, il était armé. Cela ne veut pas dire grand-chose.
- Peut-être ! Une dernière chose, il y avait ça, entre la chemise et la peau.

Il nous montre un bout de papier pareil à tous les précédents où il y a écrit en trois langues « Tous pourris ! » Pris d'une sorte de rage, Nicolas s'en saisit sans la moindre précaution, le chiffonne et le jette au sol. Il paraît furieux contre son collègue :

- Tu comptais nous dire ça quand ?
- Tu sais bien que je garde toujours le meilleur pour la fin, mais toi, en abîmant ce papier, tu viens de ruiner toute recherche ADN.
- Désolé, Omar, je ne sais pas ce qui m'a pris.
- Ce n'est rien, Nicolas, nous manquons tous de sommeil ces temps. J'espère que les autres objets seront plus bavards.

Je me dis qu'Omar à raison et que mon ami est bien fatigué. Un moment de repos ne lui serait pas un luxe. Mais je sais aussi que surmené ou pas, aucun policier digne de ce nom ne se mettrait sur la touche en pleine enquête. C'est un Nicolas assombri et tout à coup très préoccupé qui s'adresse à moi :

- Quel est votre sentiment sur cette scène de crime ?
- Je pense que c'est un crime moins préparé que les autres. Ou alors, les choses ne se sont pas déroulées comme le meurtrier les avait prévues. Peut-être que la victime était sur ses gardes et s'est défendue. Je suis prêt à parier que le docteur Younes ne trouvera pas de trace de drogue.

- Je pense comme vous. À cent mètres d'ici, juste au-dessus de la plage du « Sporting », il y a un poste d'observation militaire. Ce n'est ni le bon lieu ni la bonne heure pour un crime préparé.

Au jeune officier visiblement tombé du lit.

- Ah, te voici Ahmad. Ce n'est pas trop tôt.
- Désolé, je me suis couché tard et n'ai pas tout de suite entendu le téléphone.
- Les jeunes ont des besoins de sommeil que les vieux n'ont pas, Ahmad. Ne te plains pas de n'être que là où tu es. Il te faudra attendre un peu, car comme le monde appartient à ceux qui se lèvent tôt, ce sont des vieux qui le dirigent.
- Si vous le dites, chef !
- Bon, laissons de côté la philosophie de comptoir ; j'ai du boulot pour toi.
- À vos ordres !
- Oui, oui, mais n'y va pas seul, prends avec toi Nasrat. Je veux que vous alliez au domicile de la victime. Nous savons qu'il s'appelle Sharif Maamarbachi et qu'il habite Hamra en espérant qu'il n'ait pas changé d'adresse depuis la création de sa carte d'identité. Je veux tout savoir sur ce monsieur et vous charge de la surveillance de son appartement jusqu'à l'arrivée de la scientifique. C'est suffisamment clair ou je le répète en arabe ?

- Clair comme de l'eau de source mon commandant, dit le capitaine, accompagnant sa phrase d'un salut martial.

Pendant que nous parlons, des brancardiers emportent le corps. Les hommes de la police scientifique continuent, eux, à arpenter le sol. Nicolas me prend par le bras pour me ramener sur la corniche.

- Il n'y a plus rien à faire ici. Je devrais avoir les résultats des investigations de terrain et ceux du légiste en début d'après-midi. Resteront à connaître les résultats de l'enquête de mes inspecteurs et nous pourrons nous remettre au travail. Je vous emmène prendre un vrai petit-déjeuner libanais. Foul et homous en bord de mer, ça vous dit.
- Avec plaisir si tu te décides à me tutoyer.
- Promis, j'essaye, mais seulement en privé.

***

Nous marchons cinq cents mètres en direction de la ville pendant que le soleil se lève. Des petites filles et des vieillards infirmes mendient déjà, pendant que court ou marche une faune variée allant de la femme voilée et hyper maquillée au vrai sportif en passant par une quantité d'hommes aux ventres proéminents portés fièrement. Je m'apprête à distribuer des billets de mille livres, mais mon ami m'arrête. Il me dissuade de leur donner de l'argent en me montrant les adultes qui se cachent à quelque distance.

- Ce sont des Syriens. Avant, nous n'avions pas de mendiants, juste quelques vendeurs de chewing-gums à la sauvette, des *Chiclets* en petites boîtes multicolores.
- Syriens ou pas, ce sont des malheureux, non ?
- Oui, mais si tu leur donnes de l'argent, ce sont les adultes qui vont le prendre. Nous allons les nourrir, c'est plus sûr.

Nicolas joint le geste à la parole en hélant un vendeur de Kaak. Il s'agit de grosses galettes ressemblant à des outres pleines de grains de sésame et de thym. Il en achète deux par enfant et les leur donne. Ceux-ci regardent en direction de leurs parents pour savoir s'ils peuvent croquer dedans. Le signe doit être positif, car tous se mettent à manger avec appétit.

- Tu vois, ainsi au moins nous sommes certains qu'avec ce kaak ils auront quelque chose dans le ventre et le deuxième nourrira un adulte. Viens, nous ne pouvons pas faire plus ce matin et j'ai quelque chose à te montrer.

Nous plongeons sur la gauche vers un immense café, nous asseyons au plus près de la mer et mon ami passe commande. Alors que le serveur que nous appelons « maître » part aux cuisines, j'observe le manège des pêcheurs. Ils sont debout juchés sur de gros bidons autrefois plein d'huile ou d'essence, posés sur la petite dizaine de rochers qui affleurent à trente pas de nous. C'est de ces promontoires qu'ils pêchent, immobiles sauf pour lancer leur ligne et la relever. Je demeure fasciné par la beauté de l'image, le soleil levant éclairant de ses premiers rayons roses bleutés ses échassiers improvisés. Au fond les immeubles de la ville et les montagnes en arrière-plan se détachent à contre-jour.

À la table d'à côté, un vieil homme et sa femme fument un narguilé comme ils feraient une prière. Assis là, je pourrais rester sans bouger de mon fauteuil en plastique pendant des heures si n'arrivaient deux jus d'orange justes pressés, deux cafés odorants, nos plats de fèves rouges et de pois chiches écrasés que surplombent des galettes de pains chauds à peine sortis du four. J'ai conscience de vivre un moment privilégié, une sorte d'incursion dans le paradis de nos pères, quand le temps avait le pouvoir de s'arrêter. Mon compagnon sait ne pas rompre ce silence pour me laisser en jouir. Il tient le temps qu'il nous faut pour vider nos assiettes, puis n'y tenant plus.

- Cette dernière victime a pour seul avantage de ne pas être le fils d'un politique.
- Comment le sais-tu ?
- Comme tous les Libanais, je connais le patronyme de ceux qui nous exploitent. Son nom ne me dit rien.
- Il n'empêche, que nous avons déjà cinq victimes et rien sur l'assassin, si c'est le même.

- Mon intuition me dit que c'est le même, mais en effet rien ne le prouve. Nous sommes dans le flou absolu. Ce que j'aimerais savoir, c'est où tout cela va finir.
- Moi aussi, mais contrairement à toi et sans raison autre que mon intuition, je crois que si tous les crimes sont liés, ils sont le fruit de plusieurs assassins. C'est une sensation d'une ronde infernale. J'ai hâte d'avoir les résultats de fouille de l'appartement du petit Tarabaï et des précisions sur l'arme du crime. Quelle heure as-tu ?
- Sept heures trente ! Le temps s'immobilise en bonne compagnie.
- Je suis cent fois d'accord, mais là il faut que je rentre. J'ai rendez-vous avec ta belle-sœur pour un deuxième petit-déjeuner. Si je continue à autant manger, vous devrez me rouler jusqu'à *l'Amphitrite* quand il sera l'heure de vous quitter.
- Nous quitter, quelle idée ! De toute façon, ce ne serait pas la première fois que pour faire plaisir à une femme nous mangeons deux fois le même repas, me répond-il en riant. Allez, viens, je te ramène.

Il m'a enfin tutoyé. Cela me rend heureux et lui tout emprunté d'avoir osé.

10

J'ai le temps de prendre une douche et de consulter mes mails avant son arrivée. Compléter le tableau, y noter quelques questions à poser à Nicolas m'occupe, mais une part de mon cerveau est ailleurs dans un futur proche, mon rendez-vous matinal avec sa belle-sœur. Ce sera la première fois que nous serons seuls tous les deux. Je me sens emprunté et ne peux me défaire d'une certaine culpabilité. Fidèle sans effort, je n'ai jamais pensé à d'autres femmes qu'Agnès et si je l'ai trompé, c'est sans remords avec une maîtresse exigeante, mon travail. Le passage de témoin du songe de cette nuit ne me convainc pas. Si les rêves sont sûrement l'expression de nos désirs inavoués, les messages envoyés par un au-delà bienveillant me paraissent plus douteux. Amal et moi avons peu parlé. Jusque-là nos conversations ont été de celles que l'ont a en groupe ; aseptisées et banales. Pourtant j'ai l'impression que je la connais depuis toujours. Est-ce l'effet de cet appartement qui m'enveloppe comme un cocon et me baigne dans son être profond par ce qu'il distille d'elle. Je m'imbibe de ses couleurs, de ses photos souvenirs, de ses lectures et de ses œuvres qui racontent son parcours d'artiste, peintures, au début, académiques, puis de plus en plus dépouillées, libres. Les murs me pénètrent. Ils renvoient ses balbutiements, ses réussites, ses attentes.

Quand on sonne à la porte, perdu dans mes rêves, je voyage en elle. J'ai juste le temps de me dire « Idiot, ton pouls s'accélère ! »

Les femmes savent ce que nous ignorons encore. Elle arrive conquérante, sourire aux lèvres, sans fard apparent, vétue d'un simple jogging noir qui met en valeur des formes parfaites. Sans dire mot, elle m'entraîne dans son sillage jusqu'à son atelier. D'un imperceptible signe de main, elle m'offre son intimité de peintre, ses secrets, des œuvres en cours encore inachevées. C'est une immense preuve de confiance que je ne peux qu'apprécier. Je me promène quelques minutes, muet, mais le silence ne peut durer. Je dis ce que je pense, ce que telle ou telle œuvre m'inspire. Mon admiration est réelle, elle le sent et participe. Les derniers remparts qui nous séparaient encore s'effritent. Nous parlons beaucoup et vite d'art en général, mais surtout de ses œuvres. Nos regards s'enlacent alors que de nos bouches s'évadent des mots, somme toute, sans importance. Nous dansons, immobiles, une parade d'amour que tant d'autres avant nous ont dû exécuter, mais celle-ci est unique puisque c'est la nôtre.

C'est elle qui prend l'initiative du mouvement. Elle me prend la main, la serre dans la sienne et m'emporte en riant vers d'autres horizons plus terre à terre.

- Les émotions me donnent faim.

Je ne réponds pas. Je me contente de la suivre en riant. Mes cheveux gris oublient un temps qu'ils n'ont pas seize ans.

Des escaliers et une rue encombrée de *taxis-service*s à la place klaxonnant à en perdre leur souffle mécanique nous mènent à un café moderne pour étudiants aisés. Elle nous commande deux ou trois délicieuses friandises, un thé pour elle et un café pour moi. Amal est, sur le plan alimentaire, bien plus raisonnable que son beau-frère et c'est tant mieux. Je me heurte néanmoins, comme avec lui, à la difficulté de payer. Je demande l'addition et le « maître » me dit très impérativement que c'est déjà fait. Je ne sais plus où me mettre et le dis à ma compagne.

- Merci ! Mais que ce soit bien clair, Amal, c'est la dernière fois ou nous ne pourrons plus jamais sortir ensemble.

Elle prend la moue faussement désolée de celle qui est trop heureuse de m'avoir devancé. Mais quand donc a-t-elle réussi à faire ça ? Je m'apprête à le lui demander quand mon téléphone se met à sonner. C'est Nicolas.

- J'ai les résultats de l'appartement du fils Tarabaï.
- Je prends un petit déjeuner avec Amal.
- Où êtes-vous ?
- À Hamra juste à hauteur de l'université américaine.

Amal comprend. Elle range un peu sa bonne humeur, mais souriante, me chuchote.

- Dis-lui, « Zaatar ou Zeit ».
- Chez « Zaatar ou Zeit » !
- C'est trop bruyant et pas discret du tout. Dans ce cas, dans un quart d'heure à l'appartement, ok ?

Je regarde Amal. Je n'ai aucune envie de la quitter. Une complicité est née entre nous de façon spontanée. Je n'ose pas y penser, mais il y a quelque chose de rare, une impression de « toujours », d'immuable. Nous nous connaissons depuis le début des temps, faisons partie de la même matrice universelle. Pourquoi ai-je tant de fois dans l'idée que la jeune femme partage mon ressenti. Est-ce un mirage ? Une sorte de faiblesse ? Je m'entends juste répondre à mon ami :

- C'est trop tôt ! Disons dans trois quarts d'heure.
- Bon, bon, répond mon ami visiblement contrarié par l'attente. Mais pas plus, d'accord ?
- Oui, d'accord.

Elle a compris et son humeur oscille entre la déception de me voir partir si vite et le plaisir de m'avoir entendu repousser au maximum du raisonnable mon retour au travail. Je trouve le moment opportun pour demander.

- Serais-tu libre ce soir pour dîner avec moi ?
- Seuls ?
- Seuls !
- Je passe te prendre à huit heures chez toi.
- Pourrais-tu penser à un endroit de poissons ? Après tout, ne sommes-nous pas en bord de mer.
- J'en connais un bon, du côté de Byblos.
- Je préférerais un endroit où nous pouvons aller à pied.
- Vos désirs sont des ordres, mon général !

- Ah, une dernière chose ! Pas de coup tordu avec l'addition, promis ?
- Promis, juré ! Allez, viens, rentrons, je ne voudrais pas que Nicolas s'imagine des choses.
- Ton beau-frère est commissaire de police, Amal, et, aux dires de tous, le meilleur flic du pays. Il n'est pas du genre à prendre des vessies pour des lanternes.
- « Allez directement en prison, ne passez pas par la case départ, ne touchez pas 20 000 francs ! », dit-elle en riant.

Elle me tend les mains comme pour se faire passer d'imaginaires menottes.

11

Nicolas Naggiar m'attend en faisant les cent pas dans ce qui nous sert de QG. Il est en battle-dress ce qui accentue chez lui le côté chasseur sur la piste du gibier. Il me fait penser à moi avant que les promotions ne me coupent les ailes. C'est beau à voir. Je n'ai pas franchi le seuil qu'il commence son récit.

- Du sang, du sang partout, pas en très grande quantité, mais partout, sur les murs, sur les fouets, sur les instruments de torture, sur la descente de lit et du sperme aussi. Des traces vers le lit, dans le réduit et dans le dressing.
- Son sang ?
- Non, pas du tout, du sang de femmes de plusieurs femmes, au moins quatre différentes.
- Et le sperme ?
- Le sien et celui d'autres hommes.
- Il faudrait comparer les échantillons avec l'ADN des autres victimes.
- J'en ai donné l'ordre.
- Et les femmes, comment les trouver ?
- J'ai demandé à mes hommes de chercher dans les boîtes de nuit.

- Sans plainte, autant chercher une aiguille dans une botte de foin.
- Porter plainte, ici, ça ne se fait pas, surtout si la femme est une jeune fille. Elle risque sa réputation. On ne badine pas avec la réputation d'une femme en Orient. Au mieux, envolés les espoirs de mariage, au pire, elle peut être tenu pour responsable de ce qui lui est arrivé, mise au ban de la société et parfois subir le châtiment ultime d'un père ou d'un frère déshonoré. Espérons plutôt tomber sur des filles de bar à la cuisse légère plutôt que sur des filles de famille.
- Et la drogue, tu oublies la drogue ?
- La drogue du violeur que l'assassin a utilisée ? Oui, j'y ai pensé.
- Je pense comme toi qu'il ne s'en est pas servi par hasard. Vous en avez trouvé chez lui ?
- Oui, en bonne place, mais pas seulement. Nous avons trouvé des poppers, de la marijuana, de la cocaïne, de l'extazy et même de l'héroïne, une vraie pharmacopée.
- Dans ce cas il nous reste à espérer qu'au moins l'une des filles est venue ici en se faisant payer.
- Rien ne nous empêche de l'imaginer, ce genre de type se défoule sur ce qu'il peut, mais j'ai bien peur que rapidement des échanges tarifés ne lui aient pas suffi.
- Ce Ramzi était un vrai salopard. Il y a des assassins que l'on aimerait bien pouvoir féliciter.

- Mais ce n'est pas notre rôle.
- Non, mais parfois je le regrette, répond mon ami, songeur.

Le téléphone ne lui laisse pas le temps d'une très longue réflexion. Au bout de quelques secondes d'échanges, la conversation s'arrête et il se tourne vers moi. C'est le chef de la police judiciaire qui le convoque pour entendre son rapport.

- Je ne peux pas y couper, je dois y aller, mais je te rejoins dès que c'est fait. Une suggestion ?
- Quand tes inspecteurs auront glané les premiers renseignements sur ce Sharif Maamarbachi, dis-je en regardant le nom sur le tableau, il serait bon qu'ils écument les lieux de perdition de la ville à la recherche d'une fille susceptible d'avoir servi de victime à ce dépravé de Ramzi. Cela me semble être une piste possible, probablement la meilleure et, avec un peu de chance, la plus simple à suivre.
- Je leur en donnerai l'ordre ce matin même. Il y a des chances qu'ils soient rentrés, sauf s'ils ont été faire un somme. Ce que vous devriez faire, d'ailleurs.
- Ce que « tu » devrais faire !
- Désolé, mais le « vous » reviendra nécessairement, de temps en temps.
- Je comprends, mais…
- Tant que nous n'avons pas trouvé un lien entre tous ces cadavres, nous continuerons d'avancer dans le

brouillard. Pensez-vous comme moi que dans cette histoire la politique n'est qu'un paravent ?
- Je ne sais pas encore, mais, en effet, le fameux « Tous pourris ! » peut cacher toute autre chose. Au fait, pourrais-tu me fournir les dates de naissance de chacune des victimes.
- Je dois avoir ça quelque part, ici.

Il fouille dans l'espèce de cartable qu'il trimbale partout avec lui. Il en sort d'abord mon passeport, puis les dossiers des victimes.

- Il faut que je confie ton passeport à Ali ce matin, avec tout ce ramdam j'ai oublié. Alors, dit-il en ouvrant les chemises une à une. Seif El Dik avait quarante et un ans et Hassan Traboulsi quarante-huit. Maroun Saad en avait vingt-deux et Ramzi Tarabaï vingt-cinq.
- Je me demande quel âge a le frère aîné du saint.
- Ce ne doit pas être très difficile à vérifier. Quant à Sharif Maamarbachi, il allait sur ses trente-six ans.
- Il serait peut-être intéressant de regrouper nos victimes par tranche d'âge.
- Vous… Tu m'expliqueras plus tard ton raisonnement, là il faut que je parte sinon Obeyda va me tirer les oreilles.

Il enfile son blouson sur son treillis et part sans me laisser le temps d'ouvrir le bec. Je n'ai dormi que deux petites heures et sens tout à coup la fatigue. Juste le temps de me déshabiller et de m'étendre sur le lit d'Amal et je m'endors pour un sommeil sans rêves.

12

Quand j'émerge, la lumière dans la chambre a changé. Le jaune des sextes est passé à l'orangé des nones, comme aurait dit mon oncle Albert, moine à Tamier. Une musique symphonique venue du salon m'enveloppe. Je reconnais la Pastorale de Beethoven. Un ruisseau de montagne se forme, sous la baguette de Karajan. L'eau s'écoule joyeuse dans un ruisseau de montagne.

Je pense me lever pour aller vers la source du son quand je sens une présence auprès de moi, une présence très vivante, inattendue, inespérée. Elle est couchée dans mon dos, nue, à mes côtés. Je me tourne vers elle lentement pour la regarder. Les yeux fermés, elle fait semblant de dormir. Pour prolonger le mirage, j'évite tout geste brusque, saisis le drap et la découvre à moitié, jusqu'à entrevoir une hanche et un peu plus. Qu'elle est belle ! C'est une femme, une vraie. Ce corps a vécu, a aimé, a porté la vie, il en reste des traces tout en sensualité. Ma bouche se colle au creux de ses hanches, y demeure un moment, remonte la colline vers sa poitrine, lentement, très lentement. Elle a le goût salé de la naïade qui après avoir longtemps nagé s'est offerte au soleil pour sécher. L'endormie frissonne, garde les yeux fermés, entrouvre les lèvres, se tourne doucement sur le dos, s'ouvre à mes caresses. Mes lèvres rejoignent les siennes, doucement elles en font le tour évitant l'intrusion. Trop rapide, trop tôt, j'explore, je goutte, je m'éveille à un appétit enfoui depuis si longtemps. Je descends vers ses seins, le plus proche d'abord et puis l'autre. S'il est impossible de choisir, autant être équitable. Mes mains se mettent de la partie, caressent ce que ma bouche a déjà exploré. Plus bas, le petit ventre se tend, le nombril appelle, se contracte, retient ma langue impatiente de rejoindre ses failles. Elle s'anime telle une belle au bois dormant langoureuse réveillée par un faune. Ses mains et ses lèvres se mettent action. L'exploration devient réciproque et frénétique. Nous nous unissons tels deux assoiffés qui espèrent un ruisseau et découvrent une rivière. Et le temps s'écoule, tumultueux jusqu'à l'épuisement.

Étendus sur le dos, sa tête dans le creux de mon épaule nous jouissons de nos corps harassés. C'est l'instant où la femme se coule dans un bonheur amoureux, pendant que l'homme quitté par le désir revient à la réalité.

- Ton beau-frère va arriver d'un instant à l'autre.
- Non, dit-elle doucement.
- Non ? Comment le sais-tu ?
- Il est venu et te voyant dormir a décidé qu'il valait mieux te laisser en paix.
- Tu étais là ?
- Non, bien sûr, j'étais à l'atelier. Il est passé et m'a demandé de te conduire vers lui à Gemmeyzeh à dix-neuf heures, chez un videur de discothèques. Tout ce

- temps libre, ça m'a donné des idées. Tu ne regrettes, pas tout de même ? demande-t-elle mutine.
- Oh que non !
- Nous avons, encore trois bonnes heures devant nous. Qu'as-tu envie de faire ?
- Du tourisme !

Je lui prends la main et la porte à mes lèvres. Il passe tant de choses dans des mains qui se serrent. Il y a entre nous tellement plus qu'une simple étreinte. J'imagine tout le courage qu'il a fallu à cette femme fière et digne pour venir se glisser auprès de moi. Moi, je n'aurais pas osé, je serais passé à côté, pourtant…

Je l'enlace, l'embrasse et recommence à la caresser. Elle me rend mes baisers, mes caresses et arrive à articuler.

- Ici, monsieur, nous n'avons rien à refuser à un hôte de votre qualité.

13

Nous passons devant une série impressionnante de restaurants et de bars, les uns plus inventifs que les autres. Ce quartier de Gemmeyzeh est étonnant, je repère même deux galeries d'art. Il y a un monde fou, mais personne ne marche. Les voitures s'arrêtent devant l'établissement désiré, un valet parking prend les clefs pendant que les passagers s'engouffrent à l'intérieur. Il fait pourtant doux, mais personne n'aurait l'idée de se promener à pied. Serait-ce le manque de trottoirs ou une paresse physique tout orientale ? Je ne me perds pas longtemps en inutiles conjectures. Ca ne ressemble à rien de connu, peut-être un mélange entre un Saint-Germain-des-Prés d'après-guerre et Soho à Londres. On s'attend à tout. Du coin de la rue pourrait apparaître Rimbaud ou Kessel ou encore Monfreid suivi de Lotti ou d'Hemingway. Ici, tout semble possible.

Amal me dépose devant le vieil immeuble au bout de la rue. Là m'attendent, Ali et la Hummer. Dès qu'il m'aperçoit, le jeune homme, trop content de quitter son poste, se précipite vers moi.

- Le commandant Naggiar est là-haut, je vous conduis.

Je me retourne pour envoyer un baiser à Amal et le suis. Elle rougit et me rend, gênée, mon baiser par un léger geste amical de la main. Je viens de faire un impair.

Nous entrons dans une cour intérieure qui donne sur un escalier extérieur desservant des appartements accessibles de l'extérieur. Il sonne à une porte que nous ouvre un jeune homme efféminé. Ali lui dit quelques mots, me salue et retourne à la voiture. Le jeune homme dit simplement « please ! » et me mène dans un immense salon. Le décor est inattendu. Peint en noir et blanc il oppose un modernisme monacal à la vétusté extérieure. Des toiles abstraites viennent compléter cette impression d'incongruité. L'ensemble a beau être harmonieux il n'est pas à sa place. Dans un coin de la pièce quatre Chesterfield de cuir rouge se font face. Nicolas et le dénommé Geargoura se lèvent à mon approche. C'est un gros homme qui me tend une main molle bardée de bagues que je serre tout en me présentant.

- Thomas Glière.
- Le fameux général du commandant Naggiar dont toute la ville parle, je suis enchanté et flatté.

Il a le ton onctueux de ceux qui savent se faire doux avec les puissants. Je m'étonne qu'il sache qui je suis, car je suis sûr que Nicolas ne lui a dit que le minimum.

- Toute la ville, c'est peut-être beaucoup, non ?
- La partie de la ville qui compte, mon général.

L'homme ne m'est, a priori, pas sympathique. Il y a en lui une sorte de volonté de revanche sociale trop évidente. Il veut trop montrer qu'il est de ceux qui savent, mais je me dis que sa fatuité pourrait nous être utile. Il nous présente son compagnon.

- Hanna voudrait savoir ce que vous désirez boire. Excusez-le, mais il ne parle pas français, donc si vous voulez bien, je vais l'aider.
- Vous, par contre, vous le parlez très bien.
- Cinq ans d'exil à Paris, général.
- Exil ?
- La guerre civile. Un homme comme moi a trop d'ennemis pour ne pas craindre un coup fourré par des temps troublés.

Je me dis que la police libanaise pourrait faire quelques recherches auprès de leurs collègues français, si nécessaire. Nicolas me fait un signe discret. Il ne faut pas refuser. Nous choisissons tous deux un whisky on the rocks que Hanna nous apporte accompagné d'amuse-gueules. Une fois servi, ayant bu une gorgée, Nicolas prend la parole.

- Geargoura, nous avons cinq crimes sur les bras !
- Quatre !
- Non cinq !
- Cinq ?

Il semble réellement étonné, voire même mécontent de ne pas être au courant de ce cinquième meurtre. S'il a été videur un jour, c'est à présent que cela se voit. Sous la couche de graisse il y a plus que de la puissance, une sorte de volonté rageuse qui bien que retenue tente de percer en surface.

- Cinq ! Mes deux collègues, Maroun Saad, Ramzi Tarabaï
- Le fils du député s'appelle Maroun, comme le saint ?
- Bien, oui quoi d'étonnant ?
- Non rien, mais, moi, je le connais sous un autre prénom. Tout le monde l'appelait Nassim.
- C'est son frère !
- Je ne vois toujours que quatre victimes.
- Un certain Sharif Maamarbachi est mort la nuit dernière, vous connaissiez ?
- Bien sûr que je le connaissais. Qui ne connaissait pas cette saleté de Maamarbachi.
- Cette saleté ? Comme tu y vas, Geargoura. Que sais-tu de lui ?
- Une merde, vous dis-je !
- Ça ne m'avance pas.
- Ce type, c'était un « facilitateur ».
- Je ne comprends pas.
  Un « facilitateur », c'est quoi ?
- C'est une sorte de courtier qui t'aide dans tes démarches avec les autorités, moyennant finances, naturellement. Ce type d'individus existent depuis toujours, le métier est probablement aussi vieux que celui de pute. Mais lui c'était autre chose, une vraie

salope. Si tu ne passais pas par lui, tu n'avais jamais l'autorisation demandée.
- Tu veux dire qu'il la bloquait.
- Exactement ! Avant lui, on se débrouillait très bien en direct. Nous Libanais nous naissons le bakchich à la main et savons à qui refiler le billet. Mais, depuis qu'il était là, rien ne pouvait se faire sans lui et il était cher, le bougre.
- En quelque sorte, il exerçait une sorte de racket?
- Oui, mais, subtile !

Nicolas reprend la main.

- Il avait des liens avec les autres victimes ?
- Certainement avec les deux ripoux, bien que je ne les ai jamais vus ensemble.
- Et les autres ?
- Pour le jeune Saad, je ne sais pas.
- Pour les uns tu es sûr, mais tu n'as rien vu ; pour l'autre, tu ne sais pas. Que sais-tu vraiment ?
- Pour l'autre, le Ramzi, leurs relations étaient spéciales.
- Spéciales ?
- Ils ne s'aimaient pas, c'était visible. Je dirais plutôt que l'un paraissait tenir l'autre par les couilles. Le Sharif se faisait payer des coups et s'incrustait dans les groupes du Ramzi contre sa volonté. Ça le gênait dans sa drague.
- Intéressant ! Connaîtrais-tu une fille qui aurait couché avec Ramzi ?

Le Geargoura se bloque. Nicolas semble avoir touché une sorte de limite.

- Je ne suis pas un mac.
- Je n'ai pas dit ça, voyons. Mais toi qui connais tout le monde de la nuit, tu as peut-être entendu parler de quelque chose.

Il réfléchit, hésite, mais se mettre en avant l'emporte.

- Il y a une fille, une gentille fille qui gagne sa vie comme elle peut. Vous savez, messieurs, la vie est difficile à Beyrouth pour une femme seule, sans famille et sans protection.
- Qu'est-ce qui s'est passé ?
- Elle est allée chez lui pour y passer la soirée.

Il se tait, visiblement bouleversé.

- Et ?
- Il l'a massacrée !
- Que veux-tu dire par "massacrée" ?
- Des coups de fouet, des blessures sur tout le corps, des côtes cassées, le nez aussi, pauvre fille, quand je l'ai vue, j'ai pleuré.
- Elle a porté plainte ?
- Porter plainte, elle, mais commandant dans quel pays croyez-vous vivre?
- Tu aurais pu me l'envoyer. Tu peux être certain que j'aurais enregistré sa plainte.

- Que l'un de vos collègues aurait fait disparaître et elle avec. Commissaire réveillez-vous, il était fils de député !

Nicolas se tait, car il sait que l'homme a raison, cela était plus que possible. Et même s'il avait poursuivi le jeune homme, un juge moins scrupuleux l'aurait fait relâcher. On ne met pas en prison un Ramzi Tarabaï tant que son père est vivant.

- Qu'a-t-elle fait alors ?
- Elle rien ! Je suis allé voir le père Tarabaï qui m'a reçu en personne dans son bel appartement de Raouché. Il m'a fait asseoir. M'a écouté sans dire un mot, puis a ouvert un secrétaire d'où il a sorti une liasse de billets de banque qu'il m'a remis en silence et m'a montré la porte. L'homme m'a impressionné, il cachait une violence à laquelle je n'étais pas de taille de résister. J'ai pris l'argent et je suis parti.
- As-tu eu l'impression qu'il t'avait cru ?
- Oui, sinon je pense que je ne serais pas là à vous parler. Il savait aussi qu'un homme comme moi sait se taire.
- Tu nous parles pourtant.
- Maintenant que le Ramzi est mort, ce n'est plus la même chose. Et puis, je sais que vous ne direz rien. L'ordure a payé, il est inutile de le salir. C'est à son créateur de le juger à présent.
- Combien y avait-il dans la liasse ?

- Vingt mille dollars ! La petite avait de quoi se soigner et se faire oublier.
- Penses-tu qu'elle aurait pu vouloir se venger ?
- Elle? La « pitchoune »? C'est impossible !
- Pourquoi, impossible ?
- Parce qu'elle est en Espagne depuis six mois.
- Qu'est-ce qu'elle fait en Espagne.
- Je ne suis pas sûr, mais, si mon intuition est juste, le plus vieux métier du monde. C'est le sien et là-bas, il est autorisé.
- Tu vois quelqu'un qui aurait voulu la venger.
- Je ne pense pas qu'elle avait quelqu'un dans sa vie, sinon elle ne se serait pas adressée à moi. Au mieux, un souteneur, si c'est le cas, ce dont je doute, je n'imagine pas un mac en vengeur. Ces gens-là sont plutôt des couards à grandes gueules.

Nicolas se lève et me fait signe d'en faire de même. Nous serrons à tour de rôle la main du videur et de son giton.

- Merci de ton aide, Geargoura, je m'en souviendrai.
- Bonne chance, messieurs !
- Il va nous en falloir. Peut-être aurais-je encore besoin de toi.
- Si je peux aider, c'est avec plaisir, mais, je vous en prie, de la discrétion.

Nous quittons les lieux satisfaits par les confidences de l'homme de la nuit. Il nous a plus appris que quiconque sur la dernière victime, ses accointances avec Ramzi et a confirmé les mœurs particulières du fils du député druze.

Nous avons encore beaucoup à apprendre, mais il me semble que nous entrevoyons une faible lueur derrière un épais brouillard.

Accoudé à la voiture, Ali nous attend en grande conversation avec un homme jeune habillé d'un costume bleu nuit de belle coupe et d'une chemise blanche sans cravate. Il se dégage de lui, l'assurance tranquille de celui qui sait qui il est. Dès qu'il nous voit, il se dirige vers Nicolas et sans ostentations ni flagorneries lui tend une feuille A4 pliée en quatre et nous salue.

- Bonsoir, mon commandant, bonjour monsieur !
  Voici le rapport sur Sharif Maamarbachi. Ah, Omar désire vous parler, dit-il en arabe.

Nicolas se tourne vers moi pour me présenter le jeune homme.

- Mon général, je vous présente l'un de mes deux adjoints, le lieutenant Malek Nasrat. C'est un officier très doué, mais suffisamment désinvolte pour s'attirer les foudres de sa hiérarchie.

Il a beau vouloir montrer une distance, celle du chef, il y a dans ses propos la tendresse d'un père. Cet adjoint-là est de loin son préféré. Il le considère de sa race, de celle de ces limiers chevaliers, sans peur, sans reproches et incapables de concessions. L'autre qui n'a peut-être pas compris, se redresse dans un garde-à-vous impeccable et me salue d'un coup de bouc martial.

- Très honoré, mon général !

Puis, il se tourne vers son supérieur pour lui indiquer qu'Omar demande à être rappelé. Nicolas ne se le fait pas dire deux fois. Il s'éloigne de quelques mètres pour se mettre à l'abri des bruits de la circulation, appelle de son portable et revient vers nous. Il nous indique un bar encore peu fréquenté à cette heure.

- Venez, j'ai deux informations à vous communiquer.

Nous le suivons sans poser de question. Je sais qu'il ne veut pas parler devant Ali. Nous nous installons au comptoir, lui au milieu, chacun de nous l'encadrant. Je commande un jus d'abricot, les deux hommes une bière. Dès que le barman s'est éloigné de nous, Nicolas nous raconte.

- La première est bizarre. La victime porte sur le haut du sexe une marque au fer rouge presque illisible et pourtant récente. D'après Omar il pourrait s'agir d'un S et d'un M mêlés. La deuxième ct la plus importante, la balistique n'a pas parlé. Tout ce que nous sommes arrivés à savoir c'est que la balle provient d'un Beretta. Je ne sais pas si vous vous rendez compte de ce que cela veut dire.

Je récapitule en silence, alors que le jeune inspecteur intervient. N'est-ce pas l'apanage de la jeunesse d'agir avant de réfléchir ?

- Pour les lettres je vois la possibilité d'un chatiment. Peut-être à la suite d'un viol ?
- Possible ! Et ?

- Que la balistique ne nous aidera pas plus que ça.
- Exactement !
- Peut-être que les recherches ADN donneront quelque chose. Qu'en pensez-vous mon général ?

L'idée d'une punition à la suite de violences sexuelles me parait intéressante. Il est temps pour moi de faire part de mes réflexions. Si Nicolas Naggiar a bien voulu inclure ce Malek, c'est qu'il a confiance en lui.

- L'idée d'un chatiment me semble à creuser. Je crois que notre assassin est bien trop intelligent pour laisser des traces d'ADN. Je crois également que ça lui est facile, car il sait les écueils et évite de toucher les victimes, au moins directement. Le fait de tuer avec une arme qui provient peut-être de l'une de ses victimes montre une maîtrise parfaite du système. Il en ferait partie que ça ne m'étonnerait pas.
- Aujourd'hui, vous pouvez trouver toutes ces informations dans les films et les séries, intervient Malek en anglais.
- Parle en français s'il te plaît.
- Je vous demande pardon, mon général, c'est l'habitude.
- C'est vrai, mais… Si nous trouvons des traces ADN, ce seront celles laissées par les victimes dans un coffre de voiture, mais quelle voiture ? Nous n'en sommes pas là.

Nicolas intervient.

- Nous avons un mobile possible, une fille abîmée et un vengeur masqué.
- Pourquoi masqué ? demande Malek.
- C'est une image. Je t'expliquerai.
- Ça peut aussi être un règlement de compte de macs ou de politiques, continue le jeune homme.
- Il y a là quatre salauds sur cinq. Que faisons-nous du cinquième, le saint ? dis-je.
- C'est vrai, il fait tache dans le tableau, dit Malek.
- Si fille il y a, il va falloir la trouver, répond Nicolas. À ce propos, il faudrait que tu retournes chez le « Geargoura » pour qu'il te fournisse les coordonnées complètes de la fille dont il nous a parlé. Quand tu les auras, il faudra que tu fasses une enquête de voisinage à son sujet. Vu sa façon de vivre, tu vas en entendre de drôles, j'en suis sûr.
- Je prends Ahmad avec moi ?
- Oui, par les temps qui courent il est plus sûr de rester groupés.

Le portable du commissaire sonne. Il décroche et s'éloigne un peu. Quand il revient, il paraît pressé de finir notre réunion.

- Bon Malek, nous nous voyons demain à neuf heures au bureau. Là il faut que j'aille faire mon rapport à Obeyda. Thomas, je te raccompagne au passage.

Puis, plus tard, quand nous avons quitté le bar et que Malek est parti dans la direction inverse et avant d'arriver en voiture, il me fait une confidence très masculine.

- C'était Zeina, elle s'inquiète pour moi, me trouve trop gros, essoufflé et stressé. Elle n'a pas tort. Tous les jours je songe à commencer un régime et à me remettre au sport, mais comme tu vois, je n'arrive pas à trouver le temps. Là, elle m'intime l'ordre de rentrer à la maison ce soir. Amal sortant avec des amis, elle a prévu un dîner en tête à tête. Je veux bien affronter mon ministre et mon supérieur en même temps, mais refuser à Zeina un dîner en amoureux est un risque que je ne prendrai pas. Pour ce soir, je t'abandonne donc, mon ami. J'en suis désolé, même si j'ai dans l'idée que je ne vais pas trop te manquer.

Nous rions de bon cœur.

14

Arrivés devant l'immeuble de la rue Balah, je constate que non seulement la galerie est éclairée, mais aussi mon logement. Nicolas et Ali s'en aperçoivent aussi. Ce dernier qui doit en avoir assez de jouer au chauffeur et nourrit sûrement des ambitions plus en rapport avec sa vocation policière propose de m'accompagner chez moi. Son patron le stoppe net dans son élan, lui disant que ce n'était sûrement là qu'une ampoule oubliée, tout à l'heure invisible au jour, et que de toute façon je savais me défendre. L'ai-je vu me lancer un coup d'œil complice ou est-ce un reflet de réverbère ?

Il me paraît évident qu'il pense que sa belle-sœur m'attend et ne veut pas que son ordonnance s'en doute. Je ne crois pas qu'il ait quelque chose à reprocher au jeune homme, il est juste prudent. Les journalistes savent quelles pattes graisser et celles des chauffeurs sont souvent fructueuses. En général peu payés, et pas considérés, ils côtoient leurs patrons plus que quiconque et savent souvent plus de choses de leur intimité que leurs propres épouses. Un chauffeur est un espion en puissance aisé à corrompre. Ali est du genre loyal. L'argent ne me paraît pas être un ressort à tenter sur lui sans un risque de soufflet. Cependant si un journaliste malin sait caresser son ego avec doigté, le jeune officier pourrait en dire plus qu'il ne le voudrait. Mon ami doit se dire que moins Ali en sait, moins il pourrait trébucher. Il applique donc par son silence un sage principe de précaution. C'est la raison de ses messes basses quand le jeune officier est dans les parages.

Je quitte les deux hommes rapidement, m'engouffre dans l'immeuble et monte les deux étages quatre à quatre. Du coup j'arrive, essoufflé, devant la porte en fer de l'appartement ce qui m'oblige à reprendre haleine un instant avant d'entrer. Le temps gagné à courir est perdu à retrouver une respiration normale. Je vieillis !

Une musique céleste venue du salon m'enveloppe. Je reconnais L'Ave Maria de Cassini, cette vraie fausse prière composée en fait par Vladimir Vavilov. Tout le monde connaît cette musique, mais cette version m'est inconnue. Dans une union improbable se mêle le chant viril d'un muézin à la voix suave d'une jeune femme.

J'ouvre la porte sur l'image du bonheur, Amal allumant la bougie qui trône au milieu de la table basse du salon, touche finale d'un souper d'amoureux. Je dois être très en retard, pourtant elle rayonne, tout sourire. Elle devait guetter et nous a vus arriver. La voiture de son beau-frère ne passe pas inaperçue. Peut-être même qu'elle a eu peur qu'il ne monte avec moi. J'extrapole, allègrement, et entame une phrase d'excuses, qu'elle interrompt de deux doigts qui effleurent mes lèvres et d'un baiser qui suit.

- Je savais que tu viendrais seul. Pour le retard, je savais aussi. Mais tout était arrangé, ne t'en fais pas pour moi.
- Tout était arrangé ?
- Bien sûr, mon amour ! Je suis une femme.
- Comment ça, arrangé ?
- Nous avons nos secrets, susurre-t-elle espiègle.
- Raconte !
- Zeina.
- Zeina ?
- Tu ne vas pas tout répéter après moi. Quand je pense que mon beau-frère et toi êtes la quintessence des détectives. Réfléchis !
- Le coup de fil de Zeina réclamant son mari, c'est toi ?
- Disons que c'est nous ! Nous avons fait d'une pierre deux coups. Tu n'es pas fâché au moins.
- Fâché ? Il ne manquerait plus que je sois fâché.

Je la prends dans mes bras et l'enlace pour mieux l'embrasser. Elle se dégage prestement telle une anguille rebelle au pêcheur qui tente de la faire prisonnière.

- Tsss, tu voulais du poisson, j'ai préparé un dîner de poissons d'ici dont tu me diras des nouvelles ; moitié malifa, moitié rougets.
- C'est quoi le malifa ?
- Un petit barracuda, je crois.
- Tu as préparé tout ça ?

- À dire vrai, j'ai commandé le dîner à un traiteur qui me l'a livré. J'avais trop peur de sentir la friture.
- Tu sens très bon.
- Merci, me voilà rassurée !
- Il n'y a pas de quoi, dis-je en jouant les vampires affamés.

Elle fait semblant de vouloir m'éviter, l'air faussement apeuré par les mimiques que je fais. Tourne autour de la table pour m'échapper, telle une proie qui s'amuse à faire courir son chasseur avant de lui faire croire qu'il la domptée. Je la porte dans la chambre alors qu'elle se débat allègrement. Pourvu que je n'aie pas de tour de rein, ce serait bien dommage. Avant les premiers assauts, elle a le temps de murmurer.

- Pour le poisson, ce n'est pas grave, il est aussi bon froid que chaud. Moi par contre, je suis incandescente, attention de ne pas te brûler.

***

Nus sous nos abayés, nous dévorons les poissons frits, tout en buvant un verre d'Iksir, bercés par une musique syncopée qui vient d'un appartement voisin, un insomniaque comme nous probablement. Nous sommes au sixième ciel, le nirvana serait atteint si nous avions en plus, au-dessus de nos têtes la voûte étoilée, mais les lumières et la pollution de la ville ne le permettent pas.

15

Elle s'est enfuie depuis longtemps quand son beau-frère débarque en treillis. Il me propose de le suivre chez la dernière victime où ses hommes procèdent à une perquisition et puis d'aller rendre une visite de courtoisie à son supérieur, le lieutenant-colonel Obeyda. Comme d'habitude il est pressé et tout en affirmant qu'il dispose de tout son temps, me pousse à accélérer ma toilette. J'ai à peine le temps de m'habiller qu'il m'entraîne dans les escaliers jusqu'à l'énorme 4X4 noir qui nous attend, arrête du geste Ali qui tente de nous ouvrir les portes et lance un impératif « Yallah, Ali… Maamarbachi » ! Le chauffeur aiguillonné démarre avant que nos portes ne se soient encore fermées, sirène rugissante et gyrophares triomphants. Malheur à tout individu ayant eu la velléité de vouloir s'offrir une grasse matinée.

Je tente de lire le nom des rues et de m'en souvenir pour un usage futur. La rue Sinno Arslane descend vers la corniche, mais s'arrête une ruelle avant pour passer devant la mosquée du muézin qui me réveille tous les matins. Le panneau est caché derrière un maigre bougainvillier. Ses fleurs, à l'origine, rouges sont grises de poussière, mais j'arrive à lire, Dar el Mreisse street. Là il aurait été impossible de passer sans l'aide des sirènes. Même ainsi armés, les pénitents attroupés s'écartent mollement, façon de montrer leur désapprobation pour cette intrusion iconoclaste. Une fois passé l'obstacle, nous abordons la remontée facile de la rue Graham, c'est l'avenue qui mène à la rue de mon logement. Si Ali n'était pas aussi légaliste, nous aurions pu la prendre en sens unique comme beaucoup le font et éviter les dix minutes de ce tour de manège. Nous passons devant l'école supérieure des affaires, accompagnés par les coups de klaxon des « taxis services » qui n'ont trouvé que cette manière d'avertir les passants de leur présence. Si l'un des piétons fait un signe, volontaire ou pas, le chauffeur lance son véhicule, coupe la route en diagonal, ralenti sans totalement s'arrêter et redémarre dès que le client a posé une fesse sur un bout de banquette.

À pied, nous irions bien plus vite, mais cette rue monte et il fait déjà chaud ce matin. À partir de là, c'est un énorme bouchon qui s'étale jusqu'au milieu de la rue Bliss. L'université américaine en est la cause. Ici la moyenne d'âge ne doit pas dépasser vingt-cinq ans. Les voitures se garent en double et en triple file, des deux côtés de la rue. Bien que l'endroit soit bondé de policiers en armes, tout le monde s'en fout. Si l'un d'entre eux fait signe à une voiture de passer, le conducteur, sans bouger de son siège et sans aucune gêne lui répondra par « un instant » en accompagnant son discours par un geste de la main où deux doigts entourent le pouce dans une supplique impérative.

Notre sirène ajoute du boucan au vacarme ambiant. Un policier nous voit et, à la demande d'Ali, tente de nous faire passer, mais c'est sans compter une dame du monde venue se fournir en gâteaux et pour qui nous n'avons pas le moindre intérêt. Il s'agite et y arrive tout de même assez bien, hurlant des ordres aux autres voitures, tout en jetant un œil aux vitres fumées des places arrière de la Hummer. Il salue vilement ces passagers mystérieux et invisibles. Qui sait, peut-être suis-je son patron ? Mieux, l'un de ces puissants députés ? Un ministre ? Ou qui sait, peut-être même le futur Président que tout le monde espère depuis si longtemps. Il rêve un instant, Perrette en uniforme, à une voiture désenclavée qui changerait son destin.

Dégagés enfin, nous abandonnons le policier, les étudiants et leurs sandwichs, les dames du monde et leurs gâteaux au miel et cent mètres plus loin nous nous engouffrons dans Sadat street. Au bout, la rue est à moitié bouchée par les voitures de police et la camionnette de la scientifique. Nous sommes arrivés.

***

On ne nous a pas attendus pour commencer la perquisition. Nous montons au quatrième étage d'un immeuble qui a dû être neuf dans les années soixante-dix, mais qui manque visiblement d'entretien. Dans l'ascenseur je m'étonne de ce délabrement et Nicolas se fend d'une explication.

- Ici, il y a des lois ultras protectrices pour les locataires. Elles ont changé il n'y a pas longtemps pour nous permettre de nous aligner sur ce qui se fait en Europe, mais les vieux baux sont des catastrophes pour les propriétaires. Les loyers sont bloqués, aucune indexation n'est prévue, or depuis la guerre, l'inflation a été galopante. Imaginez, avant-guerre, une livre valait deux francs, soit un peu moins qu'un tiers d'euro. Aujourd'hui un euro égal huit cents livres. Les loyers ne rapportent plus rien. De plus, si un propriétaire désire récupérer un appartement il faut qu'il indemnise le locataire à hauteur de quarante pour cent de sa valeur. Être le bénéficiaire d'un ancien bail c'est comme avoir gagné au loto. Les propriétaires se gardent donc bien de faire le moindre des travaux. Ils se contentent d'attendre, soit des lois meilleures, soit l'effondrement de l'immeuble qui libérerait le terrain qui, lui, vaut une fortune. Si cet ascenseur fonctionne encore ce sont certainement les locataires qui en assurent l'entretien. Ah ! Cerise sur le gâteau, les baux se transmettent.
- Tous les immeubles tombent donc en ruine ?
- Seulement les anciens loués à vil prix et ceux antérieurs à la nouvelle loi. D'ailleurs après la guerre civile, des gens ont continué à habiter des

appartements détruits par les bombes en attendant d'être indemnisés. J'ai vu courir des enfants sur des balcons sans rambardes, à peine protégés par des rideaux en lambeaux.
- C'est terrible !
- C'est la misère qui veut ça. Ne te laisse pas tromper par les lumières et le bruit de la ville Thomas, ici la misère se cache. Le Libanais vit pour le regard des autres, même démuni, il lui faut demeurer digne. Ah, nous voilà arrivés.

Une secousse peu rassurante vient de se produire positionnant la cabine d'ascenseur à quinze centimètres en deçà de la porte qui, néanmoins, accepte de s'ouvrir à la deuxième tentative. La porte de l'appartement est grande ouverte et les hommes s'y affairent avec précaution. L'appartement est dans le même état que l'immeuble, vétuste et garni de médiocres copies de meubles anciens, mélangeant sans scrupules toute une série « Louis » en commençant par le treizième pour s'achever au Second Empire. C'est toute l'histoire de France de l'ameublement qui s'étale en vrac sous nos yeux et ce n'est pas beau à voir. L'appartement lui venait certainement de ses parents. Les murs, autrefois coquilles d'œuf, sont grisâtres et par endroit effrités. Sharif Maamarbachi ne s'intéressait visiblement pas à la décoration d'intérieur. Malek et Ahmad déjà sur les lieux participent à la fouille, munis de gants et de masques. Ils sont en grande conversation avec un maître-chien accompagné d'un berger allemand qui renifle tous les meubles avec délectation. Sur un signe de Nicolas, ils avancent tous les trois, précédés du quadrupède qui grogne en s'approchant de nous.

- Général, commandant, je vous présente Fadi Khoury, maître-chien et instructeur de nos forces de sécurité, dit Malek.
- Enchanté, ajoute l'homme peu impressionné par nos grades et s'intéressant plus aux réactions de son chien.
- Pourquoi le chien ?
- Nous cherchons à savoir si d'autres victimes sont venues ici. C'est bien plus rapide que les tests ADN.

Le chien sort ses crocs en direction de Nicolas.

- Retenez bien votre chien, s'il vous plaît. Il me fait peur.
- Couché Lady !

L'impressionnante bestiole se couche au pied de son maître en poussant une plainte de désespoir.

- Lady ?
- Le chien est une chienne commandant. Dans son domaine, elle est la meilleure. Elle ne se trompe jamais, mais malheureusement, les chiens ne sont pas encore dotés de parole. Par contre j'affirme que soit vous êtes déjà venu ici, soit vous transportez sur vous une sale odeur.

Nicolas est un peu désarçonné, mais surtout, furieux.

- Je ne vous permets pas. « Sale odeur ! » et quoi encore. Il est bien connu que les chiens n'aiment pas les uniformes.
- Ne vous énervez pas, commandant. Vous avez raison, les chiens n'aiment ni les facteurs, ni les policiers, ni tout ce qui porte l'uniforme pour une raison simple. La plupart du temps ceux-ci sont portés plusieurs fois d'affilé sans être lavés et donc charrient sur eux des traces cumulées d'émotions et d'adrénaline. Le chien y sent une agression et se défend par l'attaque. Le souci, c'est que votre treillis sort visiblement d'une armoire depuis moins de quarante-huit heures. Quant à « sale odeur », tout est relatif. Lady va être attirée par une charogne et repousser un taboulé.

La tirade du maître-chien apaise un peu Nicolas, mais semble le préoccuper.

- Comme je ne suis jamais venu ici, je me demande où j'ai pu ramasser cette mauvaise odeur. J'arrive de chez moi et de chez ma belle-sœur. Hier peut-être ? Il faut que je demande à ma femme quand mon treillis a été lavé pour la dernière fois. De toute façon je ne me sens jamais vraiment à l'aise avec des chiens plus gros que des bichons.
- Ne cherchez plus ! C'est probablement ça. Il doit sentir votre peur.

Nicolas n'aime pas cette idée de peur qui pourrait lui ôter la nécessaire virilité liée à son rang. Mais un homme s'approche et nous interpelle.

- Bonjour commandant, je m'appelle Jad Saïd. Omar est retenu au labo, c'est moi qui suis chargé des prélèvements. À première vue, rien d'intéressant. Deux armes de poing, un fusil de chasse et quelques cartouches.
- Le Libanais moyen, quoi, intervient Malek dans sa langue.
- Parlez en français si possible, lui demanda mon ami.

L'homme obtempère.

- Oui, rien que du banal. L'homme ne devait pas souvent recevoir ni passer beaucoup de temps chez lui. Le frigo est celui d'un célibataire sans raffinement. Des produits de première nécessité et des plats sous vide. Le freezer est plein et le frigo presque vide. Peu d'alcool et beaucoup d'eau minérale, de soda, de pistaches de cacahouètes et de chips. Un homme plutôt sobre. J'ai procédé à quelques saisies, mais cela m'étonnerait qu'elles parlent. Ici, pas de sang. Il faudrait interroger les voisins ou le concierge.
- Merci, Jad, c'était bien mon intention. Malek et Ahmad, chargez-vous du concierge, le général et moi allons voir les voisins. Il y a un autre appartement sur le palier.

***

Nous quittons tous les quatre l'appartement, laissant les hommes d'Omar travailler. Avant que les jeunes adjoints ne s'engouffrent dans l'ascenseur, Nicolas leur donne l'ordre de l'attendre après leur entretien avec le concierge, dans la voiture. Et nous sonnons à la porte située de l'autre côté du couloir. Nous sommes reçus par une femme plantureuse, en abayé. L'ample vêtement est porté suffisamment échancré pour mettre son opulente poitrine en valeur. Les présentations faites, la raison de notre visite exposée, elle nous reçoit avec empressement, insiste pour nous offrir une boisson à base de sirop de mûres, et des biscuits, nous oblige à nous servir, n'accepte pas un refus et devance nos questions. Nicolas ayant bien appuyé sur le fait qu'un grand policier français l'accompagne, elle se force à parler dans la langue de Molière en s'adressant surtout à moi.

- J'habite l'immeuble depuis plus de quarante ans et j'ai bien connu ses parents. Sa mère, Dieu ait son âme, était une bien brave femme. Son père était un « Azzaar » un…
- Un voyou, intervient Nicolas.
- Oui, un voyou. Bien avant la mort de mon pauvre mari, « b'eïd men hon », loin de nous, il tentait toujours de me coincer dans les portes, pour me toucher. Il était laid, si laid, pas comme vous messieurs, oh non, pas comme vous. Enfin, tout ça,

c'est du passé. Que Dieu ait son âme. Je suis une honnête femme, j'ai toujours dit non, mais il insistait. Je n'ai rien dit à mon pauvre Rassan, sinon il y aurait eu du sang sur le palier. Toujours il disait, Margueritte je te veux. Un voyou, je vous dis, un voyou !

- Ils sont morts depuis longtemps ?
- Presque ensemble, à six mois d'intervalle, il y a deux ans, elle de la tête, lui du cœur ou le contraire.
- Et leur fils Sharif.
- Lui, petit, il était mignon. Dieu ne m'a pas offert la joie d'avoir des enfants, alors le petit Sharif, je l'ai gâté, vous savez. Sa mère, une sainte, ne savait pas cuisiner. Il venait chez moi après l'école et je lui faisais des gâteaux. Je fais de très bons gâteaux, général, dit-elle en me regardant intensément.

Il m'arrivait sur mon bateau de penser à des choses bizarres. Que ressent le lapereau traqué par la belette ? Là, j'ai ma réponse.

- J'ai été une tante pour lui, presque une mère. Et quand est venu pour lui, le moment de la reconnaissance, il m'a frappé par derrière. Un ingrat, monsieur, un ingrat ! Un jour j'ai eu besoin d'un service, un petit service. Le lampadaire, là derrière moi, s'allumait et s'éteignait tout la nuit. J'avais été voir la « baladié ».
- La municipalité, traduit Nicolas, au bord du fou rire.

- Oui, « la municité » ! Elle m'a promis d'intervenir. Mais ici, monsieur, les femmes ne comptent pas ou alors il faut qu'elles fassent des choses qu'une honnête femme refuse de faire à quelqu'un d'autre que son mari. Six mois plus tard, malgré dix appels téléphoniques et deux déplacements, non seulement rien n'était réparé, mais je me suis fait traiter d'hystérique par un moins que rien de fonctionnaire. J'ai alors demandé à Sharif, ce salaud, d'intervenir. Il avait le bras long, vous savez, très long même. Il m'a dit qu'il ferait le nécessaire, mais qu'il lui fallait de l'argent pour trouver la main à la bonne personne.
- Trouer la main, veut dire donner la pièce ou, plus clairement, soudoyer le bon fonctionnaire.
- Il lui fallait trois cent mille livres, disait-il. Je les lui ai donnés. Trois jours plus tard, le problème était réglé. Si vous saviez combien je l'ai remercié, une boîte de dragées au chocolat et une bouteille de cognac avec cinq étoiles.
- Il vous a donc rendu le service ?
- Le salaud ! Que le diable lui tire la queue. Un mois plus tard, la lampe recommençait à clignoter. Je suis allé le voir et j'ai repayé trois cent mille livres. Et trois jours plus tard, tout est rentré dans l'ordre.
- Ça peut arriver.
- Attendez, attendez ! Quelques semaines après, je vois un homme grimper au poteau avec une sorte de nacelle. Je l'interpelle de la fenêtre en lui demandant de ne rien toucher, que tout fonctionnait. Il insiste en

disant que c'est son travail, que son chef va le sermonner. Je lui dis de venir me voir. Est-ce parce qu'un café chaud ne se refuse pas ou qu'il comprend il pourra glaner un « bakchich » ? Il monte. En plus du café et des barasi et je lui dépose un billet de dix mille livres dans la main. Je fais très bien les gâteaux, vous savez. Le brave homme me remercie, me bénit et me propose de l'appeler si je rencontre un autre problème électrique. Il me révèle surtout qu'il opère de petits travaux pour mon voisin qui lui avait déjà demandé de changer l'ampoule deux fois. Il lui avait même donné pour ça cinquante mille livres, mais n'avait pas voulu payer les vingt milles de plus nécessaires à la réparation du circuit électrique, ce qui aurait réglé le problème définitivement. Ce que je fis, naturellement. Vous rendez-vous compte général. Ce fils de chien m'a escroqué de cinq cent cinquante mille livres et comptait m'escroquer encore et encore. Une pauvre veuve, lui faire ça, quelle honte. J'ai caressé un serpent dans mon sein, dit-elle en accompagnant le geste à la parole.

Nicolas qui est prêt à éclater de rire doit répondre quelque chose d'encourageant pour nous permettre de passer à d'autres questions.

- Il est des personnes incapables de percevoir le bien qu'on leur fait, Madame Margueritte. Pourtant, un

aveugle verrait votre bonté. Recevait-il ? Avait-il une fiancée ? Des amis ?
- Je ne m'intéresse pas à ces choses, là, moi ! Mais à ma connaissance, il n'y a pas plus de dix personnes qui ont franchi le palier de sa porte depuis la disparition de ses parents, « b'eïd men hon », loin de nous.

Margueritte se signe en même temps qu'elle parle. Je ne la savais pas chrétienne, une « main de Fatme » m'ayant fait penser qu'elle était musulmane. La bavarde continue sur sa lancée.

- Ni homme, ni femme, messieurs, cet homme ne pouvait avoir d'ami.
- Merci de votre aide, Madame, vous avez été très utile à l'enquête, dit Nicolas, profitant de ce court silence pour mettre fin à la conversation.
- Vos petits biscuits aux grains de sésame sont une pure merveille. Mille mercis pour votre adorable réception, dis-je à mon tour, inconscient des conséquences de mes compliments.

Elle se lève, me prend les mains dans un geste d'affection extrême, nous fait signe d'attendre et disparaît à la cuisine. Elle revient, une minute plus tard, avec une énorme boîte de plastique pleine des biscuits en question et me la met dans les mains. Je tente de résister.

- C'est trop !

- Mais non ! Un bel homme comme vous doit bien se nourrir. Quand vous me rapporterez ma boîte, je vous la remplirai avec d'autres bonnes choses, dit-elle en minaudant.

Arrivé dans l'ascenseur, Nicolas que je n'ai jamais vu hilare pleure de rire. Il ose même me taquiner entre deux hoquets.

- Si tu reviens un jour seul, tu vas te faire dévorer. Quel ticket !
- Aucune chance que je revienne, mais que faire de la boîte ?
- Nous enverrons Ali.
- Le pauvre !
- Nous avons tout de même appris quelque chose.
- Que c'était le roi des salauds ?
- Ouais…
- Qu'il n'avait pas d'amis ?
- Oui, mais mieux. Que mon informateur est fiable. Madame Margueritte nous a confirmé tout ce que nous a dit le sieur Geargoura. Allons voir ce que les jeunes ont à nous raconter.

Les jeunes, comme il les appelle, fument une cigarette, adossés à la Hummer.

- Alors, le concierge ?
- C'est simple, je n'ai jamais vu un homme aussi détesté que la victime. Tout y est passé ; avarice, méchanceté, cruauté envers les animaux. Il l'accuse d'avoir tué son chien et empoisonné ses pigeons.

- Ses pigeons ?
- Vous ne savez peut-être pas mon général, intervient Ahmad, mais beaucoup de Libanais sont colombophiles. Mon père, lui-même, possède son colombier pas loin d'ici, à Mazraa. Il dit que le drapeau libanais est incomplet sans un pigeon juché sur le cèdre.
- C'est vrai que, sans aucun doute, notre cher pays est le meilleur symbole de la paix, intervient Nicolas dont la bonne humeur vire à la mélancolie. Allons voir Obeyda. À cette heure il doit déjà trépigner.

16

Le lieutenant-colonel Obeyda est exactement comme Nicolas me l'a décrit. Un homme de taille moyenne, empâté, mais tonique, le front haut et dégarni qui exprime en même temps une immense lassitude et une force cachée prête à bondir. C'est le parfait haut fonctionnaire qui approche de la retraite. Il sait avoir atteint depuis longtemps son seuil d'incompétence, s'accroche à son poste et pour cela, ne veut pas faire de vagues. Il sait également son cadet bien mieux formé que lui, plus intelligent et surtout plus compétent. Il sait aussi qu'il a besoin de lui et que sa fortune personnelle le met à l'abri des menaces habituelles concernant la carrière. La seule chose que craint Nicolas c'est qu'on lui retire une affaire en cours. Or c'est lui qui est à l'origine de tous les bons résultats de la criminelle. Le priver d'enquête serait aussi préjudiciable au service qu'à l'ingérable commandant. Néanmoins, Obeyda est le patron et entend le montrer. Ma présence l'exaspère. Il lui est difficile de jouer les chefs de meutes devant un plus gradé que lui et étranger de surcroît. Il s'adresse donc à Nicolas en arabe.

- Alors quoi de neuf ?
- Le brouillard se désagrège lentement, mon colonel.

- Lentement, c'est le mot. Tu me prends tous mes hommes, tu accapares la scientifique et nous ici nous avons cinquante morts et plus de cent blessés.
- D'accord, mais nous savons très bien que l'antiterrorisme recherche d'éventuels complices pas les coupables et encore moins la raison des explosions. Il s'agit de dommages collatéraux d'une guerre sans merci que Daesh et le Hezbollah se livrent depuis trois ans. Qu'est-ce cela à faire avec mon enquête ?
- Mon cher Nicolas, réveille-toi. Sans cet attentat, toi et moi aurions le ministre et les journalistes sur le dos vingt-quatre heures sur vingt-quatre. Bon ne nous fâchons pas, raconte-moi tout.

Nicolas s'excuse auprès de moi de devoir s'exprimer dans sa langue, puis se lance dans un bon quart d'heure d'explication pendant lequel son chef reste muet. Quand il achève son récit, Nasser Obeyda reprend la parole en français, cette fois. Il s'exprime avec l'effort de celui qui a appris la langue à l'école, mais l'a peu pratiquée. Il cherche ses mots, mais ses phrases sont justes. Ce devait être un élève appliqué.

- Sauf miracle, il nous reste pas mal de chemin à parcourir. Premièrement, déterminer s'il y a un lien autre que des ragots entre les victimes. Et s'il y en a un lequel ? Dans un pays si petit et une société tellement imbriquée, ce n'est pas simple. Ici, tout le monde connaît tout le monde. Ce pourrait être le

motif des meurtres, mais peut-être pas. Bon courage messieurs, mais faites vite, je vous en conjure.
Puis se tournant vers moi.

- Je voulais vous remercier, général, d'être venu porter secours au commandant Naggiar. Je vous en suis personnellement reconnaissant. Je sais le malheur qui vous a frappé et au nom de mon pays je vous prie d'accepter toute ma gratitude.

Il me serre la main avec la force de celui qui veut appuyer par le geste des mots qui lui paraissent insuffisants. Puis, nous raccompagne à la porte et donne une tape amicale dans le dos de son second assorti d'un dernier encouragement.

- Yallah, N'oula !

***

Dans les escaliers, mon ami me prend le bras. Il est content de la tournure prise par la réunion avec son supérieur.

- Il nous a donné carte blanche. Tu vois, c'est un brave homme, mais ne nous y fions pas. Il prépare ses arrières. Si nous échouons, la faute se reportera entièrement sur moi. Tant mieux ! ajoute-t-il, énigmatique. Si nous allions déjeuner ?

Je suis fatigué. La nuit a été courte et ses repas en série ne me conviennent pas. J'aspire à une sieste et le lui dit.

Nicolas, n'insiste pas. Connaît-il la raison de ma courte nuit ? Il ne fait aucun commentaire et me raccompagne chez moi, enfin, chez Amal.

Avant de fermer les yeux, j'allume le poste de télé de la chambre qui me renvoie des images de l'attentat de Burj El Barajneh. On y parle politique : Iran, Daesh, Hezbollah, Israël… Je n'y comprends pas grand-chose. Mais c'est sur ces images que je sombre dans un sommeil qui s'espère réparateur. Deux heures plus tard, je suis réveillé par un cauchemar d'une logique et d'une précision épouvantable. Je suis en même temps partie prenante du rêve et extérieur à lui. Tout paraît réel et logique, je veux intervenir, mais ne peux rien y faire.

L'Iran préparait la bombe, le monde entier le savait. L'Occident, yeux à peine entrouverts, après avoir grommelé, poussé quelques cris d'orfraie, appliqué des sanctions destinées à inciter la rue à la révolte, avait fini par se résigner à des accords, car les Iraniens, bien qu'accablés dans leur quotidien, s'avéraient suffisamment cocardiers pour approuver leurs chefs arcboutés sur leur programme nucléaire. Les intérêts des industriels américano-européens avides de pétrole, ajoutés aux visées géopolitiques sino-russes avaient fait le reste. De conférences stériles en accords de façade l'étreinte devait se desserrer, d'autant que les Américains, calamiteux apprentis sorciers, dans leur désir de repli, se désengageaient tous les jours un peu plus de ce Proche-

Orient qu'ils avaient totalement déstabilisé. Un renversement d'alliance dû à la situation de l'Irak et de la Syrie en proie aux exactions de Daesh, une ultime conférence à Lausanne, et un accord est signé en grande pompe, contre l'avis d'Israël.

L'Iran, malgré ses promesses, n'avait jamais vraiment respecté les quantités négociées d'uranium enrichi. Les rapports du Mossad montraient que le programme nucléaire iranien progressait, poussant Israël au bout de ses peurs. Ajoutons des fuites, bien orchestrées, qui alimentaient l'opinion, sans discontinuer. Les histoires que racontait le théâtre antique ne touchaient alors que quelques dizaines de spectateurs. Là, la Pythie s'invitait à la table de tous les Israéliens, s'insinuait dans les esprits, y chatouillait les craintes viscérales et les blessures anciennes jamais cicatrisées. Les ingrédients du drame se profilaient et les comédiens se maquillaient en coulisses.

Une nouvelle première ministre israélienne issue de la société civile, admiratrice de Margaret Thatcher, sans crédibilité guerrière et à la détermination contestée, harcelée par des militaires convaincus de la pertinence d'une frappe préventive ciblée sur les sites sensibles de l'ennemi, seule capable, à leur sens, de retarder durablement la construction de la bombe et le décor est planté. Il n'y a que les naïfs pour croire qu'une femme au pouvoir ne fait pas la guerre. Il suffit de se souvenir de Margaret Thatcher, d'Indira Gandhi et de Golda Meir et de tant d'autres pour s'en dissuader. Seuls, peut-être, d'anciens militaires ayant connu l'horreur des combats, l'humiliation de la défaite précédant une difficile victoire, incontestable et incontestée, devenus chef d'État, savent parfois instaurer la paix.

Pour le lever de rideau, il suffit d'ajouter à une pincée de faiblesse politique une étincelle et les étincelles pullulent, comme pullulent fanatiques et ignorants dénués de jugement. Là c'est la mise à sac par quelques excités de la synagogue de Chiraz, faisant trois blessés et un mort juifs, qui offre aux faucons le prétexte qu'ils attendent.

L'Ofek10, satellite-espion lancé par une fusée Shavit en avril 2014 surveille suffisamment bien l'Iran pour que l'HHAH puisse accomplir sa mission sans faire appel au grand frère d'outre-Atlantique qui n'aurait pas approuvé.

Le plan, préparé de longue date par les brillants cerveaux de l'état-major, se déroule dans le plus grand secret. Alors que quelques vieux F15 font diversion en survolant la Jordanie en direction de l'Irak, douze chasseurs bombardiers F16, portant fièrement l'étoile de David, franchissent la frontière iranienne, en provenance de Turquie, à la barbe de la défense antiaérienne. Quelques minutes plus tard, ils pulvérisent les deux sites de Fordow et Natanz, ainsi que les réacteurs de recherche de Téhéran, Arak et Ispahan, bombardent sans conviction le yellowcake d'Ardakan et, ne rencontrant toujours pas de résistance, s'offrent un petit raid sur les centrales nucléaires de

Darkhovin et de Bouchehr avant de quitter l'espace aérien perse, traversant le golfe persique, survolant le Koweït pour rejoindre le nord de l'Arabie Saoudite. C'est au moment où fier de la tâche accomplie et sûr de recevoir à son retour, en plus des lauriers de sauveur, les épaulettes, depuis longtemps espérées, de Tat Alouf, que le colonel Lavy Ouriel annonce à la base la complète réussite de la mission que se produit l'inimaginable.

À Abadan, dans le Khuzestan, des silos, jusqu'alors inconnus, jamais repérés par les satellites et drones-espions, s'ouvrent pour laisser passer quatre missiles balistiques de type Taepodong, nord-coréens. Dans la même conversation, l'ex-futur général apprend que, selon les calculs balistiques des petits génies de l'état-major, vu leur vitesse de croisière de Mach 4, les fusées ennemies atteindront le territoire israélien avant lui, dans moins d'une demi-heure.

Sans attendre de connaître la teneur réelle de la menace, appliquant le principe millénaire autant qu'inefficace « d'œil pour œil, dent pour dent », la terre promise crache ses flammes en retour. Quatre fusées Jéricho IV armées de bombes H d'une puissance équivalente à mille fois celle d'Hiroshima s'élancent vers les quatre plus grandes villes de l'agresseur.

Personne ne sait vraiment quels ont été les objectifs visés par les Iraniens, probablement Tel-Aviv et Haïfa, mais, imprécises, les fusées coréennes n'atteignent pas leurs cibles. Malgré les apparences, c'est là, le pire, car les dégâts produits par les petites têtes nucléaires sont considérables. Le premier missile tombe légèrement au sud d'Ashkelon, désintégrant la bourgade et la moitié de la bande de Gaza. Le deuxième engin frappe Jérusalem faisant deux cent mille victimes immédiates, annihilant trente siècles d'histoire, dont quinze de conflits sanglants entre les trois religions du livre. Plutôt que de toucher Haïfa, le troisième Taepodong, le seul intercepté, explose au-dessus du lac de Tibéraide. Le quatrième assèche à jamais la Mer morte. C'est ce dernier qui mit fin à mon bonheur en immolant sur l'autel de la bêtise, Agnès, la femme de ma vie.

Qu'avait-elle besoin de voir par elle-même les nouveaux fragments mis à jour récemment à Qumrân du livre d'Enoch ? Ne pouvait-elle pas se contenter de travailler dessus par écran interposé ? Lequel de nous deux était-il coupable ? Elle, d'avoir tant insisté pour y aller ? Ou moi, de l'avoir laissé prendre un tel risque, alors que nul ne pouvait ignorer les tensions en cours?

Je suis présent auprès de la Première ministre Margueritte, dans l'avion de Lavy Ouriel, je suis à côté d'Agnès et du livre d'Enoch et je suis invisible, totalement impuissant. Je sais tout ce qui va arriver, je crie, on ne m'entend pas. C'est horrible !

Je me réveille en eau, triste, malheureux, furieux, abattu. L'attentat de Burj El Barajneh, l'autre qui à coûté la vie de ma femme, la précision du cauchemar, son côté logiquement prémonitoire et ces crimes non résolus qui se répètent, l'ensemble m'accable.

Est-ce, ma culpabilité qui s'exprime ? Puis-je encore aimer ? En ai-je le droit ? Pourquoi me vient cette sourde culpabilité? Et l'impression de tromper Agnès ?

L'eau de la douche qui coule longuement ne lave que mon corps, pas ma sensation de mal-être. Il faut que je marche un peu. La corniche, voilà la solution.

17

Trois activités physiques me font du bien, le ski de fond, la natation et la marche. La première est celle qui demande le plus de tonus et surtout qui ne peut se pratiquer partout et tout le temps. Quand j'étais flic, la marche faisait partie de mon équilibre quotidien. Marcher, me lave le cerveau en douceur. Ne naviguant pas sur un paquebot, c'est ce qui me manque le plus en mer. D'autant plus que, contrairement à la croyance générale, la nage y est limitée. Laisser un voilier seul en mer n'est pas vraiment raisonnable. Il me faut donc souvent attendre l'arrivée dans un abri, pas un port, bien sûr, mais une crique accueillante. Et c'est moins aisé à trouver qu'on le croit.

Aujourd'hui, cette corniche s'avère valoir un présent des dieux. Mes pas me conduisent naturellement jusqu'à la grande roue qui balise le cinquième assassinat. Le manège qui m'apparaît dans un piteux état tourne lentement. La rouille y est tellement présente que le risque d'attraper le tétanos est plus grand que d'en tomber. Il n'y a pas le moindre doute, l'attraction foraine permanente, allumée de nuit et peu fréquentée, avait dû être pour la victime et l'assassin un parfait point de rencontre.

Les hommes d'Omar ont bien fait leur travail, tout a été nettoyé, aspiré et stocké en vue d'analyse. Il ne reste plus aucune trace du crime. Je décide donc de poursuivre jusqu'à une sorte de plage privée aux bâtiments blancs et aux liserés bleus. Une porte ouverte sur un escalier pentu porte une enseigne récemment repeinte, sur laquelle on peut lire, « Sporting ». Le guichet est aux bas des escaliers. L'homme derrière sa vitre m'annonce un prix d'entrée prohibitif en regard de la vétusté de l'endroit. Cela m'importerait peu si j'avais prévu de prendre maillot, mais ce n'est pas le cas. Le guichetier qui s'aperçoit de mon hésitation m'indique une boutique installée dans le couloir d'accès aux cabines et m'affirme que j'y trouverai mon bonheur. Mon doute fait rapidement place à l'admiration. L'échoppe qui fait à peine quatre mètres sur cinq offre un choix de maillots de bain bien supérieur à mon attente. La vendeuse est aimable, serviable même et pas du tout insistante comme je le craignais. C'est d'ailleurs la caractéristique du pays. Les commerçants savent vendre avec le sourire qui manque en France, mais sans la lourdeur collante de leurs homologues d'Afrique du Nord. Dix minutes plus tard, je suis installé sur un transat, face à la mer, au bord de deux piscines, tirant sur la paille d'une délicieuse limonade et entouré d'hommes et de femmes tellement bronzées qu'on les croirait peints. Moi qui ne voulais qu'un maillot j'en ai acheté deux, une paire de lunettes de plongée, une crème solaire, un chapeau de paille, une serviette de plage et je me sens bien. Certes, les habitués me regardent avec curiosité, mais sans la moindre animosité. Je ressens même une certaine bienveillance, une sorte d'accompagnement du bleu par les anciens. L'étranger ne connait pas encore les règles, mais pourrait s'il le voulait et en avait les moyens, s'intégrer et faire partie de ces « happy few ». La mer est agitée et sale, je bronze à l'ombre et nage dans la piscine d'eau salée.

Je viens de sortir de l'eau quand je vois débarquer Ali en tenue de combat qui se plante devant moi pour exécuter un superbe salut militaire. Tous les regards se tournent vers moi. Je m'en serais bien passé.

- Mon général, votre portable est éteint.
- Comment m'as-tu trouvé ?
- Facile, j'ai demandé.
- Demandé à qui ?
- Tout le monde, de la maison à ici !
- Tout le monde sait-il qui je suis ?
- Non, mais il est facile de vous décrire. Les gens remarquent.

Je préfère ne pas lui demander quelle description il fait de moi et je rallume mon téléphone que j'ai éteint pour ma sieste et oublié en l'état depuis. Ce doit être le manque d'habitude. Il y a plusieurs appels d'Amal et de Nicolas, mais pas de message. Le pays ne connaît pas ce concept. Le principe, en cas de non-réponse est de rappeler. On appelle ça un « missed call ». Pas question d'appeler Amal devant Ali, j'appelle Nicolas. Il répond immédiatement et sans même me laisser le temps de parler.

- Ali t'a enfin retrouvé, c'est bien. Grande nouvelle : Omar a fait comparer les traces chez Tarabaï fils. Maamarbachi est venu chez lui. Et… devine ?
- Qui d'autre ?
- Certaines traces sont très proches de l'ADN de Maroun Saad. Ce n'est pas lui, mais il pourrait bien s'agir de l'ADN d'un proche.
- Le frère ?
- C'est aussi ce que j'ai pensé. Alors j'ai pris mon téléphone et j'ai appelé monsieur le député Saad pour lui dire que j'aimerais bien interroger son fils Nassim. J'ai inventé une histoire de jeunes qui se connaissent mieux que ne les connaissent leurs parents et passé l'étonnement, il nous a donné rendez-vous demain à Byblos où il assiste à un colloque avec son aîné. Nous en profiterons pour faire un peu de tourisme.
- À quelle heure le rendez-vous ?
- Onze heures ! Pour ne pas stresser, je passerais te prendre à neuf heures demain. Entre Beyrouth et Byblos il n'y a que quarante kilomètres, mais mieux vaut prévoir large.
- C'est toi qui sais.
- Ce soir c'est à sept heures que je serai à ta porte, soirée poisson chez Sylvio, c'est à mi-chemin dans la même direction que celle que nous prendrons demain. Il y aura Zeina, nos enfants, Amal et sa fille Clara.
- Ah, très bien !

Je dois lui paraître étonné. Il le sent à mes intonations. C'est assez extraordinaire pour ça le téléphone. En face à face, nous arrivons à masquer assez bien nos états d'âme, mais au téléphone ils s'amplifient.

- Ça t'ennuie ?
- Pas du tout, au contraire, j'adore les enfants et suis heureux de connaître la fille d'Amal, mais je me pose une question indiscrète.
- Laquelle ?
- Pourquoi est-ce le père qui en a la garde ? Chez nous c'est rare…
- Et souvent, cela se passe quand la mère est indigne. C'est ça la question qui te tracasse, non ?
- Ben…
- Je comprends, mais ici rien de tout ça. Simplement, il est prévu dans nos lois sur le divorce que la mère à la garde de sa fille jusqu'à ses neuf ans, puis c'est le tour du père. S'il s'agissait d'un garçon, elle en aurait perdu la garde à 8 ans.
- Drôle de loi !
- C'est comme ça. Il y a des hommes qui oublient de la faire appliquer, pas son ex. Amal en souffre terriblement, tu sais. Elle devra rendre Clara à son père ce soir après le dîner. Il m'a fallu négocier dur avec lui pour qu'il accepte de confier la petite à sa mère quatre jours pour Noël.
- Pauvre Amal.

- Oui ! À ce soir, sept heures chez toi. Nous prendrons deux voitures, c'est Amal qui passe te prendre, moi je passe prendre Clara avec la Hummer, les enfants adorent cette voiture.

Ali, satisfait d'avoir rempli sa mission, exécute un salut et un demi-tour impeccables et me plante là. Tout le Sporting sait à présent que l'étranger est une huile et dans cinq minutes ils sauront qui je suis exactement. J'attends que le militaire se soit éloigné d'au moins cinquante pas pour appeler Amal. Il n'y a aucune raison qu'elle attende sept heures pour me retrouver. Je n'ai aucun mal à la convaincre de passer me prendre ici, dans le quart d'heure. Cela nous laissera presque trois heures d'intimité.

18

« Chez Sylvio » ressemble aux guinguettes normandes, une immense tente blanche adossée à un petit bâtiment permanent qui sert d'accueil et de cuisine. On peut y voir le poisson frais, spécialité de la maison, présenté dans des frigos vitrés. Le temps étant ici plus clément, un treize novembre, les côtés de la tente sont roulés haut pour laisser passer l'air marin et nous permettre de contempler la mer. Les enfants se chamaillent en riant pendant que Zeina et Amal l'index collé aux vitrines choisissent notre dîner. J'observe Clara, la fille d'Amal qui doit avoir douze ans. Elle est mignonne, le visage rond et les yeux vifs. Je cherche les ressemblances avec sa mère et n'en trouve pas. Heureuses les femmes, car elles n'ont pas à se poser de questions sur la légitimité de leur maternité. Elle se fait taquiner par ses cousins, mais se défend bien, ce qui crée une atmosphère de vacances d'été oubliées. Je me secoue un peu pour ne pas tomber dans une nostalgie stérile. Ma femme n'est plus, ma fille et mon fils sont parents à leur tour et ce sont à présent leurs propres enfants qui se forgent des souvenirs.

J'ai un accord avec Nicolas. Il se charge de commander, mais pour une fois, l'addition doit me revenir. Mais comme je n'ai qu'une confiance limitée en mon ami dans ce domaine, j'ai confié quelques billets de cent mille à Amal et l'ai chargé de vérifier qu'il y ait tout ce qu'il faut à table, sans manquer de se faufiler vers la caisse à la fin du repas. Comprenant que je ne pouvais pas continuer éternellement à me laisser entretenir, elle a accepté la mission. Avec un peu de chance, je vais arriver à les inviter.

Entre temps, une escouade de serveurs commence à apporter des plats qui remplissent la grande table, pendant qu'un échanson rougeaud « casse l'Arak » dans un petit pichet transparent. On dirait une expérience de chimie, l'homme dosant à l'œil une part d'arak transparent, puis ajoutant deux parts d'eau qui se transfigurent en un liquide laiteux. C'est ici que commence l'histoire des anisettes. Arak au Liban et en Syrie, elle devient raki en Turquie, ouzo en Grèce, Sambuca en Italie, avant de venir égailler nos côtes françaises.

Dans le brouhaha général, Nicolas me tend un petit verre du liquide blanc laiteux et me glisse à l'oreille.

- À ta santé ! C'est pour un instant comme celui-ci que nous acceptons de nager dans la merde du matin au soir. À nos moments incomparables !
- Vive le Liban et vive l'amitié ! dis-je en levant mon verre.

La réponse me revient en écho, pendant que la main d'Amal serre discrètement la mienne sous la table.

Nous parlons fort, rions, nous resserrons les uns contre les autres. Si ce n'est pas le bonheur, ça y ressemble assez pour vouloir le retenir longtemps. Pourtant, il n'est de magie qui ne s'arrête un jour. J'en sais quelque chose. Là, c'est plus rapide et moins définitif.

Nous sommes à la fin du repas quand Sylvio, lui-même, vient nous demander si tout va bien et si nous sommes satisfaits. Quand mon tour arrive de le remercier, je le fais en libanais. Il reconnaît immédiatement à mon accent que je suis étranger.

- Français ?
- Oui, pourquoi ?
- Je vous prie de bien vouloir accepter mes sincères condoléances.
- Vos condoléances ?
- Pour ce qui se passe en ce moment à Paris. Ce sont des fous !
- Des fous, quels fous ?
- Daesh, ils tirent partout. La télé annonce soixante morts.

Tout le restaurant commente. Il n'y a plus de convives attablés séparément table par table. Tous se parlent. Certains se lèvent, viennent vers nous, s'expriment bruyamment. L'immense majorité des clients est issue des classes moyennes, probablement des quartiers chrétiens. Ils se sentent concernés. Certains parlent de faiblesse, d'inconscience, de déni de la France face à l'invasion musulmane. Je m'étonne de cette virulence. Les communautés ne me paraissaient pas aussi séparées. Les propos démontrent une intolérance totale à l'autre, pire une sorte de crainte jusque là cachée, que le drame qui se noue à quatre mille kilomètres de là autorise d'exprimer sans retenue. Ces Libanais chrétiens traitent d'Arabes leurs concitoyens mahométans, comme s'il s'agissait d'étrangers. Certains ont des propos qui feraient passer Jean-Marie Le Pen pour un méchant gauchiste.

- Le chrétien d'Orient a peur. Je le comprends. La réaction que tu vois n'est que la résultante de sa frayeur à disparaître. Il est cerné de toutes parts, massacré en Irak et en Syrie, rejeté en Égypte, marginalisé au Maghreb. Il appréhende sa disparition programmée. Mais, ici, ce qui est sûr, c'est qu'il vendra chèrement sa peau. Conscient pourtant que ce ne sera qu'un baroud d'honneur. La masse finit toujours par submerger les minorités.

C'est Amal qui constatant ma stupeur, tente de m'expliquer. Pas besoin d'être grand clerc pour se rendre compte qu'elle a raison. Je suis tout de même surpris par le fossé que je constate entre les communautés. Suis-je naïf de croire que le danger vient d'un petit nombre d'illuminés et que la grande majorité des musulmans n'aspire qu'à une vie de paix. Je le dis. C'est Nicolas qui prend le relais.

- Il existe aussi des volcans en sommeil apparemment éteints. Méfiance ! Poussés par leurs frères actifs ils peuvent, un jour, se réveiller.
- Mais trente pour cent des terroristes sont des convertis. Il y a pléthore de Marcel, de Jean-Pierre et de Kevin qui se battent dans les rangs de Daesh en Syrie. Ce sont souvent les pires.
- C'est vrai, question d'ignorance. Ici où les gens sont élevés dans leur religion, les conversions sont exceptionnelles et souvent juste de circonstance. Le mariage et les lois de succession étant, chez nous, religieux, on change de confession pour se marier ou pour des questions d'héritage, mais rarement par conviction. Moins de prêtres, moins de catéchisme, un manque cruel d'imams réellement formés et il devient facile aux salafistes de s'emparer de cerveaux vides.

Quelqu'un crie des nouvelles fraîches. Au Bataclan, un concert de rock, un massacre, les chiffres sont réajustés à la hausse, la radio parle de cent cinquante tués et du double de blessés. J'imagine ceux qui restent, ceux qui vont s'inquiéter, attendre, savoir et puis pleurer. J'imagine, parce que je sais. J'ai vécu ça, ces plaies à jamais ouvertes qui ne se fermeront jamais. Là, la mienne saigne à nouveau. J'ai mal. Il y a trop de gens pour pleurer. Amal me prend la main. Elle serre. J'aimerais bien lui répondre, mais mon corps refuse d'exister.

La soirée se poursuit, les nouvelles se suivent, macabres, hypnotiques. Toute joie nous a quittés. En voiture c'est le silence, juste parfois deux mains qui se serrent sans convictions. Amal me regarde, voûté, absent, coincé de chagrin, rentrer dans l'appartement qu'elle a fait mien provisoirement. Elle ouvre la porte, m'embrasse tendrement et ne sachant que faire, m'abandonne à la nuit. Je suis incapable de la retenir, mes gouffres encore trop présents, me portent vers une ombre plutôt qu'à son corps chaud.

19

Si quelqu'un un jour me demande d'où je viens, quelle est mon origine, je répondrais « je suis de Byblos ». Ça paraît bête et ça l'est probablement, mais peu importe, car c'est ainsi que je le ressens. J'ai entendu parler d'appartenance à des lieux, sans y prêter plus d'attention que ça. Pour moi il s'agissait de doux dingues. Et voilà que c'est à moi que ça arrive. Avant même de descendre de voiture, avant de fouler les quais de l'antique port de la ville, je sais que j'appartiens à cette ville cinq fois millénaire. Le très cartésien limier français, crème de la grande maison, ne peut que constater son ressenti et affronter non sans appréhension cette sensation de déjà vu qui le confronte à la métempsychose. Nicolas ne s'aperçoit de rien et c'est tant mieux. Ce soir j'en parlerais à Amal qui, elle, comprendra.

- Nous avons rendez-vous chez « Pépé Abed » à dix heures, me dit-il en me montrant du doigt le plus bel emplacement sur le port. Nous disposons d'une heure, je te propose une visite du site ancien où les Romains ont érigé un petit théâtre traditionnel que tu devrais adorer.
- Je suis ton homme. Quelle ville ! J'adore le port.
- Il paraît qu'il est aussi vieux que la ville. Tu vois au fond, là, ces deux petites tours. Eh bien, les

Phéniciens bloquaient l'accès du port en tendant une chaîne d'un bout à l'autre.

Nous marchons en direction de la citadelle pendant que Nicolas continue à jouer au cicérone.

- C'est à Jbeil que l'on a trouvé le tombeau du roi Ahiram, et le premier alphabet dont il ne manquait qu'une lettre, le « sade ».
- Jbeil ?
- Jbeil et Byblos, c'est la même chose, mais Jbeil est en même temps le nom le plus ancien et le nom d'aujourd'hui. Byblos, c'est le nom grec. C'est comme pour Palmyre et Tadmor. Le vrai nom c'est Tadmor, mais c'est le nom grec qui est passé à la postérité.
- Et ça ? dis-je en montrant une sorte de musée sur notre gauche.
- Ça, c'est l'une des plaies du Liban. Pépé Abed qui a créé ce restaurant et qui, au demeurant, était un personnage sympathique et haut en couleur, comme d'autres avant lui et d'autres après, se sont crus autorisés à conserver ce qu'ils trouvaient dans le sous-sol. C'est ainsi que dans un pays d'une richesse archéologique incroyable, les plus beaux objets se trouvent être la possession de particuliers et non de la collectivité.

Puis, sans crier gare, lui qui paraît toujours vouloir laisser entre les autres et lui une distance de sécurité, abat toutes ses défenses pour approcher mon intimité.

- Vas-tu mieux qu'hier soir ?

Un matin ensoleillé débarrasse la nuit de ses scories. Je me suis réveillé plus léger. Pourtant tout est là présent en moi. Ne sommes-nous pas la somme de nos souffrances comme de nos joies. Quant au drame que vit mon pays, le Liban l'a vécu à vingt-quatre heures d'écart, moins hébété, plus serein, avec le fatalisme de ceux qui savent que rien ne réussira jamais à vaincre cette gorgone siamoise, Bêtise et Ignorance. Mortelle séductrice d'une jeunesse, en quête d'absolu, tellement déçue de nous, l'hydre polymorphe se pare de mille masques. Elle renaît éternellement comme se renouvellent ses victimes. Ce combat perdu d'avance, il nous faut le mener les yeux bandés, notre survie en dépendant. Nous sommes tous des Persée, qui ne réussiront jamais à totalement en débarrasser l'humanité. Toutefois, avec infiniment d'efforts, nous pouvons espérer lui offrir une pause.

- Toute cette violence me ramène à Agnès. L'homme est décevant et Dieu assoupi. Quand on y pense, il n'y a pas de quoi se réjouir. Heureusement, il y a l'action qui offre l'oubli provisoire.
- L'action peut apporter son lot de victimes collatérales.

Il n'en dit pas plus, mais j'entends ce qu'il se refuse à dire « Et Amal dans tout ça ? ». C'est l'inquiétude qu'il a d'elle qui l'a poussé à oser. Moi aussi j'y pense et suis rempli d'interrogations. Elle mérite bien mieux qu'un rôle d'infirmière. Suis-je en assez bon état pour lui offrir un futur à la hauteur de ses espérances ? J'en ai envie, mais est-ce suffisant ? Ces doutes, j'ai du mal à les partager avec son beau-frère.

- Alors, ce théâtre ?

Il a compris mes réticences et, discret à nouveau, me montre à une centaine de mètres en direction de la mer un adorable petit théâtre classique en demi-cercle et gradins de pierre, juste une scène et pas de coulisses. On devait plus y déclamer quelques vers qu'y donner de vraies pièces de théâtre. J'imagine d'illustres philosophes y dispenser leur savoir.

- C'est beau, cette mer en point vue, derrière, même si le bruit du ressac devait un peu gêner l'auditoire.
- Il n'a pas toujours été là. On l'a déplacé, mais je ne saurais te dire ni pourquoi ni où il se situait auparavant.
- Les gens d'ici devaient être heureux.
- Heureux et opulents, grâce à l'exploitation des cèdres. C'est de Byblos qu'ils partaient vers l'Égypte.
- Comment se fait-il que je n'en voie pas ?
- Il y en a encore, très peu, en haute montagne. Ce sont les plus beaux, les plus solides, mais ils sont vieux. Pour les sauver, se penchent à leur chevet les meilleurs spécialistes de la planète. Il y a bien plus de cèdres du Liban en Europe qu'il y en a chez nous.

Pourtant, avant, il y a quelques millénaires le pays entier en était recouvert.
- Qu'est-ce qui a entraîné leur disparition ?
- Ce qui entraînera la nôtre, l'immédiate cupidité. Partout ailleurs dans le monde il existe une règle simple et immuable, « Quand tu coupes un arbre, tu plantes un arbre. » Mes aïeux, eux, se sont contentés de couper et d'encaisser. Aujourd'hui, quelques jeunes gens de bonne volonté tentent un reboisement tardif.
- Donc tout espoir n'est pas perdu.
- En effet ! Tant que la jeunesse tente de lutter…

***

Une demi-heure plus tard, nous sommes de retour au port où des pêcheurs s'affairent à vérifier l'état de leurs filets. J'ai juste le temps d'admirer les barques multicolores et d'observer quelques-unes de leurs prises, avant de rejoindre notre lieu de rendez-vous, Nicolas préférant arriver en avance pour prendre possession du lieu. Un jus d'orange frais pressé et un café à la cardamome nous préparent à un interrogatoire qui doit juste passer pour un simple complément d'information.

Nassim Saad et son père arrivent ensemble. Nassim ressemble à son père, mais aussi, en moins lumineux à son cadet. Il y a chez lui, déjà, quelque chose de veule. Pendant que Nicolas, très urbain, me présente, je les observe. Les deux hommes me paraissent moins détendus que l'impression qu'ils désirent donner. Leurs cafés commandés c'est le député qui, dans un français parfait, lance la discussion.

- Qu'avez-vous de nouveau, commandant ? L'assassin de mon fils va-t-il bientôt être mis hors de nuire ?
- Nous en sommes aux recoupements, cela ne saurait tarder. C'est la raison de notre présence.
- Je vous ai déjà tout dit.
- Nous avons pensé que peut-être votre fils Nassim, lui…
- Nassim était à plusieurs milliers de kilomètres quand le drame a eu lieu.
- Oui, mais…
- Vous ne soupçonnez tout de même pas mon fils d'avoir tué son frère.
- Mais non, monsieur le député, pas le moins du monde.
- Ouf ! J'ai cru un court moment que vous deveniez fou.

Je me dis que sans cet alibi en béton armé, il aurait fait un suspect très valable. N'y avait-il pas eu avant lui, un certain Caïn jaloux de l'attention de Dieu pour son frère Abel ?

- Je voudrais demander à Nassim, s'il connaît les autres victimes, reprend Nicolas qui suit sa pensée.

- Pourquoi les connaîtrait-il ? demande le père à la place de son fils.
- Nassim, connaissez-vous ces hommes ? Continue mon ami, imperturbable, posant sur la table les photos des quatre autres victimes.
- Bien sûr que je les connais ! Tout Beyrouth connaît ces hommes, hurle le jeune homme, ne laissant pas son père intervenir à sa place.
- Lesquels ?
- Tous, je vous dis ! Les deux flics traînaient dans toutes les boîtes, attendant un écart de l'un d'entre nous pour se faire trois sous. Ramzi Tarabaï était un oiseau de nuit, connu pour ses fredaines et l'autre, le Maamarbachi, lui collait aux basques. Bien sûr que je les connais.

Il en parle avec tellement de facilité que ça nous désarçonne un peu. En quelques mots, avec une sorte de désinvolture naïve, le jeune homme vient de se mettre au centre du jeu. Il connaissait tous les protagonistes du drame. Pourquoi ne connaîtrait-il pas l'assassin aussi ?

- Pensez-vous que votre frère Maroun les connaissait aussi.
- Maroun ? Mais c'est impossible, commandant !
- Pourquoi en êtes-vous si sûr ?
- Mon frère regardait vers le ciel. C'est moi le noceur mécréant. Ces gens n'avaient rien à faire avec lui.
- Je comprends ! Voyez-vous un lien entre ces quatre hommes qui puisse expliquer leur mort ?

- Malheureusement pas !

Il paraît sincèrement désolé. Son père, lui, paraît tout à coup inquiet. Une question s'impose à tous que Nicolas s'apprête à poser, mais Joseph Antoine Saad le devance.

- Crois-tu que ton frère ait pu avoir été tué à ta place ?

Nassim prend conscience de la chose. Il n'y avait encore jamais pensé. Ses traits se durcissent soudain, le rouge lui monte au front et c'est la bouche sèche qu'il répond à son père.

- Je ne vois pas pourquoi. Je n'ai rien fait ! Peut-être que Maroun n'était pas celui qu'il nous montrait.
- Comment peux-tu dire de telles énormités ?
- Je ne sais pas, moi, il peut y avoir des secrets cachés dans le cœur d'une grenouille de bénitier.
- Moins que dans celui d'un bon à rien d'enfant gâté !

Pour que le député parle ainsi à son fils devant des étrangers, c'est qu'il est réellement furieux. Le regard qu'il porte à son aîné, peu d'enfants aimeraient avoir à l'affronter. On peut y lire, dégoût et mépris associés à une immense déception. Nassim tente de se défendre.

- Mais papa, je suis un bon étudiant.
- Cher surtout, mon fils. Pourquoi crois-tu que je t'ai mis si loin ? À cause de la qualité de tes notes précédentes ? Non, c'est pour tenter de te sortir de la médiocrité qui te satisfaisait et de la pente dangereuse qui était la tienne.
- À présent, je travaille !

- Là où tu es, le prix seul de tes unités vaut diplôme.
- Tu es injuste, papa.
- Injuste, fais-moi rire ! J'ai déjà rattrapé pas mal de petits délits, alcool, dettes, conduite dangereuse, coups et blessures et j'en passe.
- C'est du passé !
- Si c'est vrai, tant mieux, mais là, il va te falloir m'obéir. Je ne plaisante pas, Nassim. Si tu sais quelque chose qui pourrait faire avancer ces messieurs, parle.
- Mais, je ne sais rien.

Il faut reprendre la main. Le dialogue entre les deux hommes retire toute autorité à la police. Même si les échanges entre père et fils ont été instructifs, c'est à elle de mener l'enquête et non au député. Nicolas trouve le moment opportun pour intervenir.

- Quand rentrez-vous à Genève, demande-t-il au jeune homme ?
- Dimanche, normalement ! Mais l'école est à Lausanne.
- Il ne rentrera en Suisse que dans une semaine. J'ai décidé de prolonger son séjour, intervient son père.
- Mais, j'ai des examens.
- Et ici ta mère a besoin de ta présence. Les examens attendront.
- Parfait ! Je ne vous retiens pas plus longtemps, mais je me permettrai de vous rappeler si j'ai besoin de revoir votre fils, monsieur le député.

- Il sera à votre disposition, répond celui-ci, fermement.

Nicolas se tourne vers le jeune homme et l'air de rien.

- Si vous pensez à quoi que ce soit sur notre affaire, n'hésitez pas à m'appeler, s'il vous plaît.
- Oui, oui bien sûr, répond Nassim perdu dans ses pensées.

Nous nous levons tous, mais après les salutations d'usage, mon ami m'indique de me rasseoir et commande deux bières libanaises et des mézés. Une fois le père, le fils et leurs gardes du corps disparus, il se tourne vers moi et m'adresse un seul mot.

- Alors ?
- Alors je plains cet homme, il a perdu un fils à la place d'un autre et quelque part, ce sont les deux qu'il a perdus. Je crois ce Nassim innocent des meurtres, mais coupable de quelque chose que nous allons devoir découvrir. Je crois aussi qu'il ne nous parlera que le nez dans son caca.
- Eh bien, dans ce cas, c'est ce que nous allons nous atteler à faire.
- Entre temps, je te conseille de renforcer sa sécurité.
- Je vais immédiatement donner des ordres, bien que je fasse confiance à son père et à ses « bodygards » pour cela.

Pendant que Nicolas donne quelques ordres par téléphone, un serveur, arrive portant un immense plateau chargé de deux bières glacées et de mets fumants.

20

Une fois dans la voiture, Nicolas me tend mon passeport et un paquet entouré d'un ruban dont je me saisis avec surprise.

- Le passeport a reçu tous les tampons nécessaires. Je t'ai obtenu un permis de séjour d'un an. Comme ça tu peux demeurer parmi nous autant que tu veux. Quant au paquet, ouvre-le, tu devrais aimer.

Je mets mon passeport dans la poche intérieure de mon blouson et attaque maladroitement l'ouverture du paquet. C'est un CD. Bruel chante Barbara. Je suis touché de l'attention et gêné comme toujours quand l'on m'offre quelque chose.

- Pour moi ?
- Bien sûr ! En voyant le disque hier en rayons, je me suis souvenu qu'Agnès et toi écoutiez souvent Barbara et si tu t'en en souviens encore, nous étions allés voir K ensemble et vous m'aviez dit beaucoup apprécier Bruel.
- J'ai en effet toujours aimé Barbara qui a bercé mes spleens de jeunesse et mes nostalgies d'homme plus tard. Nous l'écoutions Agnès et moi, parfois, le soir serrés l'un contre l'autre. Et j'avoue être touché par Patrick Bruel. Il y a chez cet homme des qualités

humaines qui transcendent le simple chanteur/acteur populaire. Mais, quelle mémoire ! J'avais oublié que nous avions vu K ensemble.
- C'était dans une grande salle des Champs-Elysées.
- Maintenant, ça me revient. Quelle mémoire ! Merci, mais pourquoi ce cadeau ?
- Pour le plaisir de faire plaisir à un ami.
- Je suis très touché.
- Il n'y a pas de quoi. Si vous voulez bien nous pourrions l'écouter, cela nous fera oublier le capharnaüm ambiant. Une heure, c'est ce qu'il nous faut pour arriver à Beyrouth.

Sans attendre ma réponse qu'il sait positive, il me tend la main, saisit le CD que je lui remets et l'introduit dans la fente du lecteur situé à sa droite. La voix éraillée de Bruel relayée par les six haut-parleurs de la voiture nous emporte hors du temps et de la laideur environnante.

***

À l'entame de « Ma plus belle histoire d'amour, c'est vous », le téléphone sonne, interrompant le disque. Le miracle du Bluetooth c'est que non seulement je peux écouter la conversation, mais que Bruel pourra continuer la chanson, une fois la conversation terminée, sans rien en perdre. C'est Ali au téléphone qui tente de contenir son excitation.

- Patron, nous sommes allés avec le lieutenant Nasrat et le capitaine Ramdan chez la fille dont les coordonnées nous avaient été données par Geargoura. Personne n'a jamais su ce qu'elle faisait vraiment pour gagner sa vie. D'après ses voisins, c'est une gentille fille discrète et serviable. Elle serait partie continuer ses études en Europe. Un homme dont le portrait correspond à Geargoura est venu rendre l'appartement à son propriétaire. Sa voisine de palier à qui elle a confié ses clefs avant de partir, affirme que l'homme en question l'a appelée de son portable dès les formalités terminées, pour la rassurer. Elle a pensé qu'il s'agissait de son père ou d'un oncle puisqu'il a emporté le reste des affaires de la jeune femme en partant.
- Le cachottier ! dit Nicolas en me regardant.
- Au fait elle s'appelle May Stephan et vient de Mayrouba.
- Mais c'est dans le Mont-Liban.
- Oui, dans le district de Kesrouan. J'ai appelé nos collègues sur place, ils refusent de me parler. Peut-être qu'à vous…
- J'ai compris. Envoie-moi le numéro et le nom du responsable local par SMS. Je m'en charge.

Le temps de reposer le combiné, de laisser Bruel recommencer à chanter et en bon petit soldat, Ali a envoyé le message. Il ne reste à Nicolas qu'à mettre la voiture sur le bas-côté et à essayer de joindre ses collègues « Kesrouanés ».

- Commandant Naggiar en ligne, passez-moi le capitaine Kanaan. Dit-il sèchement.

À peine s'est-il présenté que l'autre au bout du fil paraît se mettre au garde-à-vous.

- C'est moi-même, mon commandant que puis-je pour vous ?
- On me rapporte que vous avez envoyé paître mon assistant.
- Cet Ali, c'est votre assistant mon commandant ? Mais c'est un…
- Militaire !
- Mais, il est…
- Je préfère ne pas entendre la suite, capitaine.
- Je vous prie de bien vouloir m'excuser, mais vous, c'est autre chose mon commandant. Vous êtes un exemple pour nous. Que puis-je faire pour vous aider.
- Je suis sur une enquête dont vous avez dû entendre parler. Les assassinats de cinq personnes…
- « Tous pourris ! »
- Oui !
- Qu'est-ce que cette jeune fille à avoir avec ça ?
- Pour l'instant je ne sais pas encore, capitaine, mais vous allez me l'apprendre. Que savez-vous sur elle ?

- Elle et sa sœur jumelle sont des enfants de village. La famille est honorablement connue.
- Des jumelles ?
- Oui, d'ailleurs sa sœur Rouba habite toujours le village. Elle est mariée à mon cousin Nassib et a deux enfants.
- May et Rouba, mais c'est ridicule.
- Non, mon commandant, c'est de l'amour ! Sa mère Nayla est une sainte femme qui n'a jamais quitté Mayrouba, alors, vous comprenez, c'est comme un vœu…
- … Une sorte de bénédiction, j'ai compris. Que savez-vous d'autre ? Pourquoi est-elle partie ?
- Je ne peux pas parler de ça au téléphone, il faut que vous veniez.
- Jusqu'à Mayrouba ?
- Oui, je crois que c'est important.
- Il y a intérêt, capitaine. Je suis un homme très occupé.
- Je crois pouvoir affirmer que vous ne le regretterez pas.

Le capitaine Amin Kanaan paraît suffisamment sûr de lui pour que Nicolas décide de le prendre au sérieux. Il me regarde, comme attendant mon approbation. Mon signe de tête achève de le convaincre. Il lance à son interlocuteur, juste un lapidaire « Nous arrivons ». Puis se reprenant, il ajoute.

- Je suis accompagné d'une personne de la plus haute importance, un général français. J'attends de vous une réception impeccable et, si vous ne parlez pas français, un traducteur de qualité.
- Walaw, mon commandant, j'ai fait études chez les frères.
- Bon, je vous retrouve devant l'église du village dans une demi-heure, dit Nicolas en coupant la ligne et s'adressant à moi. Désolé, mais il me fallait être désagréable. Il en va de ma réputation d'homme dur et inflexible.

Nous sommes arrivés à Jounieh or Mayrouba se trouve à une quinzaine de kilomètres d'ici par la route de Faraya, l'une des stations de ski préférées de la jet set locale. C'est un grand site sur un plateau à une altitude d'environ 1400 mètres. On y respire un air d'une qualité inconnue à Beyrouth. Dommage que les femmes ne soient pas avec nous, elles auraient adoré la promenade. Si tout va bien, nous en avons pour une demi-heure. Juste le temps d'entendre la suite du CD.

21

L'homme qui nous attend devant l'église de Mayrouba n'a rien d'un shérif de séries B américaines. Il est de taille moyenne, totalement chauve et, à première vue, pourrait passer pour enrobé. Dans ces yeux noisette, on devine qu'il est bien plus vif qu'il veut bien le laisser paraître. Il salue Nicolas avec la déférence de l'admirateur et moi avec celle due à l'inconnu. Il doit se demander ce que fait ce haut gradé étranger dans une affaire de meurtre libano/libanaise, mais se garde de poser la moindre question. Il commence à faire frais à cette altitude et comme nous n'avons rien prévu pour nous réchauffer le capitaine Kanaan nous invite à continuer la conversation dans un café. Il nous installe dans une salle vide derrière le bar où un poêle est allumé, commande d'autorité trois tisanes au thym, glisse un mot au patron et revient. Il ne consent à parler que nos tisanes posées sur la table et le patron parti.

- Voilà, personne ne viendra nous déranger. Mayrouba est un village. Ici tout se sait, tout le monde s'épie et la proximité avec Faraya n'a pas arrangé les choses. Pour les gens d'ici, Faraya c'est Sodome et Gomorrhe. Les habitants des villages environnants voient d'un très mauvais œil leurs enfants fréquenter les gosses de riches de la station de ski et je ne peux

les blâmer. Comme vous le savez, chaque année, il se passe là-bas des drames dus à l'alcool, la drogue et surtout l'éducation laxiste que ces jeunes reçoivent de parents absents et souvent, eux-mêmes dépravés.
- Vous ne faites rien ? dis-je.
- Nous faisons tout ce que nous pouvons, mais la plupart de nos arrestations finissent dans la grande poubelle de notre soi-disant justice. Vous devez le savoir, mon commandant.

C'est à moi, plus qu'à son collègue que Nicolas s'adresse.

- Ici, les fils de riches ou de puissants échappent à toute justice, sauf si leurs victimes sont aussi riches ou aussi puissantes qu'eux. Même dans ce cas, cela se conclut souvent par des arrangements entre parents. Ce qui se pratique le mieux, c'est l'omerta entre salauds.
- Quand il s'agit de villageois qui sont molestés, écrasés ou violés, cela fini par un mélange entre indemnités en numéraire et menaces voilées ou pas. Une fille violée n'est plus vierge. Si ça se sait, c'est elle qui en pâtira le plus. À la montagne, le respect des règles et des traditions est encore bien présent. La fille n'aura plus aucune chance de trouver un époux au village.
- C'est ce qui s'est passé avec la petite May ? Cela sort sans que je puisse me retenir.

- Non, pour elle ça a été différent. C'est quelqu'un d'autre qui a payé pour elle.
- Comment ça ?
- Cela s'est passé il y a deux ans environ en été. Le village de Mayrouba, tout modeste qu'il est, tente l'aventure culturelle en organisant un festival de musique et de théâtre. Certes ce n'est pas encore le plus prestigieux du pays, mais tous les habitants s'y intéressent et participent. La tragédie s'est déroulée le vingt août deux mille treize. Je m'en souviens comme si c'était hier. Ce soir-là le spectacle commençait à dix heures du soir.
- C'est pour nous, forces de l'ordre, la pire des heures. Intervient Nicolas.
- Oui, la pire, car un spectacle qui commence à dix heures finit après minuit. Or, certains spectateurs ont eu le temps de boire.
- Tu imagines la suite…

Je me contente de hocher la tête en signe d'approbation, pour ne pas interrompre le capitaine dans son récit.

- La jeune May était venue avec son cousin et petit ami Jad Kfoury. Après le spectacle, ils s'étaient éloignés un peu à la recherche d'ombre et d'intimité, dans les collines environnantes quand leur sont tombés dessus quatre imbéciles avinés, venus de Faraya en quad. C'est du dernier cri, le quad de nuit. Comme ils se montraient pressants, Jad a fait front.
- Et ?

- Après, l'avoir frappé à la nuque avec une pierre, les voyous se sont enfuis. Jad, c'est le fils de l'homme qui nous a servi à boire. Depuis, il est paralysé et vit dans la maison contiguë au bar dans un fauteuil roulant.
- Quelle histoire triste. Et la fille ?
- Tout le village l'a accusée d'être la cause de tout.
- Les gens sont terribles parfois.
- Les parents ont tenu bon quelques mois, puis ils l'ont envoyée en ville chez son oncle. Cela valait mieux ainsi. La séparation entre les jumelles a été déchirante au point que certaines des mauvaises langues ont regretté, mais pas toutes, tant s'en faut. Et les choses se sont tassées avec deux malheureux innocents punis au-delà de l'acceptable.
- Que sont devenus les coupables ?
- Aucun n'a été identifié.
- Comment cela se fait-il ?
- Je ne le sais pas, car aux moments des faits j'étais absent. J'ai une sœur souffrante à Paris que je suis allé visiter. Tout ce que je peux vous dire c'est que Beyrouth m'a envoyé deux officiers de police pour me remplacer.
- Qui sont ces officiers ? Demande Nicolas, prenant un calepin pour noter.
- Seif El Dik et Hassan Traboulsi !
- Quoi ? c'est un cri du cœur que je ne peux réfréner.
- Oui, je vous le confirme, El Dik et Traboulsi.

Un silence s'impose. Cette dernière annonce renvoie à ses limbes toute action terroriste. Il s'agit bien de quelque chose qui ressemble à une vengeance. Un Zorro local ? Nicolas le demande à Amin Kanaan.

- L'affirmer serait bien présomptueux, mais maintenant que vous m'y faites penser, il s'est passé un évènement étrange. Le vingt et un août deux mille quatorze à l'endroit même où s'était passée la bagarre un an plus tôt, le fils d'un député a été retrouvé au petit matin, saucissonné et roué de coups. Mis à part une ou deux côtes fêlées et quelques tuméfactions au visage, il s'en tirait à bon compte. Il a été impossible de lui faire décrire ses agresseurs et malgré une plainte contre X, nous n'avons pas pu remonter leur piste. Pourtant quelques villageois dirent avoir aperçu deux hommes costauds qui sillonnaient le coin en quad ce jour-là.
- Le nom de la victime, demande Nicolas dubitatif.
- Nassim Saad, l'un de ces fils à papa dont je vous ai parlé. Le frère du jeune homme tué dans une décharge de Beyrouth.
- Pourquoi n'y a-t-il pas trace de cette agression dans nos archives.
- Parce que la plainte a été retirée presque immédiatement.

- En avez-vous d'autres du même tonneau, cher collègue ? Si ça continue comme ça, je fais transférer mes bureaux à Mayrouba dès demain.
- Tfadal* (bienvenu) heureux de pouvoir vous être utile, mon commandant.
- Ça, pour nous être utile, vous l'êtes capitaine, dis-je spontanément.
- Que puis-je faire d'autre, messieurs ? répond-il, flatté.
- Demander à la mère ou à la sœur de la petite May le nom de la personne à qui ses parents l'ont confiée et s'ils ont des nouvelles récentes de la jeune femme.

Trop heureux de participer à l'enquête de son modèle, le capitaine Kanaan approuve bruyamment d'un « À vos ordres commandant » et tente en vain de nous retenir quand nous décidons de rentrer. Nous avons trop besoin de nous retrouver seuls, pour mettre de l'ordre dans nos idées. C'est dans une certaine précipitation que Nicolas et le chef de la police locale échangent leurs numéros de portables et leurs adresses mails.

***

À peine sorti, Nicolas appelle ses hommes et leur demande de se rendre chez le videur, mais de se poster discrètement au bas de son immeuble.

- Ne vous faites pas remarquer. Je quitte Mayrouba à l'instant. Rendez-vous en bas de chez lui à cinq heures ce soir. Assurez-vous juste, en toute discrétion qu'il y soit.
- Pourquoi Geargoura ?
- Ne trouves-tu pas qu'il a tout d'un oncle chez qui l'on envoie une jeune fille ?

22

À cinq heures pile, nous sommes devant l'immeuble de Geargoura. Les hommes sont là, au coin de la rue et nous attendent. Ils nous confirment sa présence chez lui. Nicolas donne des ordres pour boucler les différentes sorties possibles.

- Je ne vois pas cet homme jouer les filles de l'air, mais, mieux vaut être prudents, me dit-il avant de s'engouffrer avec moi dans l'immeuble.

Visiblement, nous ne sommes pas attendus, car on tarde à répondre quand nous sonnons. Le désordre qui règne dans la coiffure de Hanna et dans celle de son compagnon montre que ces hommes s'adonnaient à des plaisirs plus hédonistes, une sieste probablement. Ils nous font asseoir, mais s'éclipsent à tour de rôle pour se refaire une beauté. Passent ainsi dix bonnes minutes où nous attendons que ces messieurs soient présentables.

- Que pouvons-nous vous offrir à boire ?
- À boire, je ne sais pas, dit mon ami, mais j'espère qu'à présent tu vas te mettre vraiment à table Geargoura. Nous arrivons de Mayrouba.
- Ah ! est le seul son qui sort de la bouche du gros homme.

- « Ah ! » C'est un peu court !
- Hanna, j'ai besoin d'un whisky bien tassé et deux autres pour nos amis, merci !

Il ne dit plus un seul mot jusqu'au retour de son compagnon, les bras chargés d'un plateau de trois verres et d'amuses gueules.

- Qu'avez-vous découvert, commandant ?
- Tout !
- Et vous voulez connaître mon rôle dans cette affaire.
- Oui, et la vérité si possible !
- Bon, à votre santé, messieurs ! Il lève son verre et nous oblige à en faire de même.

Décidément le premier abord ne s'est pas révélé juste, cet homme a quelque chose d'attachant.

- Geargoura est un sobriquet que l'on m'a donné il y a bien longtemps, quand jeune homme je faisais tourner les têtes et valser les portefeuilles des homos les plus riches du pays. C'est à mon tour, aujourd'hui, de me ruiner pour un peu de jeunesse, dit-il en montrant Hanna. Ce surnom est tellement inscrit en moi qu'il m'arrive souvent d'en oublier mon vrai nom. Je m'appelle Georges Stephan et suis le frère du père et le cousin germain de la mère de la petite May et aussi son parrain.
- Et tu l'as laissé faire le tapin ?
- Pour qui me prenez-vous ?
- Tu nous as raconté…

- … des conneries. Avez-vous une idée de ce que c'est d'être différent à Mayrouba. J'ai quitté le village dès que j'ai pu. J'avais seize ans. La seule qui ne m'ait pas tourné le dos c'est ma cousine Nayla. Nous sommes restés en contact à distance, une lettre par-ci, un coup de fil par-là jusqu'à la naissance des filles. Nayla n'est pas une femme comme les autres, elle possède plus que toute autre personne de ma connaissance le sens de la justice. Elle a toujours su ce que mes concitoyens m'ont fait subir. Quand je suis allé la voir à la maternité elle m'a offert le plus beau des cadeaux. C'est à moi, le paria, qu'elle a demandé de devenir le parrain de l'une de ses filles, m'offrant même le choix entre May et Rouba. J'ai choisi May en la voyant dormir dans son berceau. C'est avec une immense fierté que je l'ai portée sur les fonts baptismaux et depuis, elle est un peu la fille que je n'ai pas eue.

Après l'agression de Mayrouba, la petite ne pouvait plus rester au village. Vous ne pouvez pas imaginer, ce que sont les mauvaises langues dans un petit village de montagne. Les villageois n'avaient personne à lyncher, ils se tournèrent vers la malheureuse. Il n'y avait plus qu'une responsable du malheur de son fiancé, c'était elle. Tout y passait, tous les fantasmes, toutes les inventions. Elle avait dû aguicher les assaillants ou pire elle avait une double vie et était responsable d'une bagarre entre deux prétendants. Nayla m'a appelé pour me demander si je pouvais m'occuper de la petite. Ses parents devaient bien se douter que je n'étais pas exactement l'exemple à suivre, mais en même temps, je crois que mon homosexualité les rassurait. J'ai un peu honte d'avouer cela, commandant, mais son malheur a été pour moi l'occasion d'approcher le bonheur. Avant, je la gâtais un peu, mais je devais attendre une occasion, un anniversaire, un Noël. De plus comme je n'étais pas vraiment le bienvenu à Mayrouba, il était rare que je puisse l'embrasser. Là, c'est elle qui est venue à moi et pendant plus d'un an, j'ai été père et mère.

Il s'arrête ému au souvenir de ces temps heureux, se prend une rasade de whisky et tend son verre à son amant pour qu'il le remplisse.

- Ici, c'est un lieu de nuit et ma vie n'est pas vraiment idéale pour une jeune fille, surtout une fille sérieuse comme elle. À la rentrée scolaire, je l'ai inscrite chez les Dames de Nazareth et lui ai pris un studio, deux rues plus haut, dans le quartier Sursock, un secteur protégé. Ainsi, elle avait son chez elle, mais pouvait venir autant qu'elle le voulait chez moi et elle ne s'en privait pas. Mais plus je l'entourais, plus je la découvrais et plus je m'apercevais que derrière ses sourires de jeune fille sage se cachait plus que de la tristesse, une rage frustrée. Ces hommes, en frappant l'homme qu'elle aimait, en le clouant définitivement dans un fauteuil, lui avaient volé tous ses projets de vie.

Un soir qu'elle était en confiance, elle m'a dit ses peines avec une telle conviction que je les ai prises pour miennes. Il fallait que je fasse quelque chose pour la libérer, pour lui permettre de tourner la page et vivre. Je ne pouvais pas remettre sur pied son fiancé, mais je pouvais l'aider à se venger.

Nicolas et moi nous regardons. Ces aveux sont-ils ceux de l'assassin ? Il y a un mélange de tendresse et de pathétique chez cet homme qui m'empêche d'y croire tout à fait. Nicolas doit penser comme moi.

- Tu ne les as pas tués tout de même ?
- Qui vous parle de tuer.
- La vengeance !
- Oui, mais là vous faites fausse route. Laissez-moi continuer. Il fallait d'abord savoir qui étaient les voyous qui avaient agressé le couple. Ça a été assez facile.
- Facile ?
- Cherchez le flic ! Quand j'ai appris le nom des deux policiers qui s'étaient chargés de l'affaire, j'ai su que quelques billets m'apporteraient la réponse.
- El Dik et Traboulsi.
- Deux canailles que je connaissais bien. Il a suffi de les convoquer sous un faux prétexte, une demande de permis pour l'ouverture d'un nouvel établissement et de les faire un peu boire. Ils

n'étaient pas du genre à refuser une bouteille gratuite en boîte. Puis, on rigole sur leur job chez les ploucs. On les chatouille un peu dans le sens du poil et les voilà qui se vantent d'avoir sauvé des fils de gros bonnets de la prison. Après cela devient un jeu d'enfant de glaner un ou deux noms. Je n'en ai eu qu'un, celui de Nassim Saad. Si je voulais en savoir plus, il me suffisait de l'interroger.

- Et c'est ce que tu as fait ?
- Pas moi, je suis bien trop connu. J'ai envoyé deux gars. Je suis bien placé pour en trouver.
- Je l'ai appris. Ils l'ont laissé pour mort. Tu as dû être déçu qu'il s'en sorte, non ?
- Pas du tout, c'étaient les consignes que j'avais données. Lui donner une bonne correction et en apprendre plus, c'est tout. Mes gars ont exécuté leur mission à la lettre. Le petit con a reçu sa leçon et nous a donné le nom du seul type qu'il avait reconnu Ramzi Tarabaï. Imaginez-vous, commandant, que ces crétins ne se connaissaient même pas entre eux.
- Et l'autre tu l'as tué ?
- Même pas, bien que d'après le jeune Saad, ce serait lui qui avait frappé le fiancé de ma pupille avec une pierre. J'avoue avoir eu l'intention de lui faire mettre une belle branlée, mais je n'en ai jamais eu l'occasion. Il ne sortait jamais qu'accompagné de gardes du corps.
- Qui d'autre l'aurait tué, alors ?

Là, il s'arrête encore une fois et se cale dans son fauteuil, tend son verre vide à Hanna qui s'en saisit, puis se prend la tête entre les mains et sanglote longuement. Voir cet homme pleurer en silence nous émeut.

- Vous croirez ce que vous voudrez bien croire. Je n'ai tué personne et n'en aie jamais donné l'ordre, mais tout le mal vient de moi. Vous pouvez m'arrêter et même me pendre, je m'en fous totalement.
- Raconte-nous tout, Geargoura.
- Pas Geargoura, s'il vous plaît, plus de Geargoura, juste Georges.
- Très bien Georges, nous t'écoutons.

Il reprend encore une fois son souffle, saisit le verre que lui tend son compagnon avec un geste de remerciement de la tête et avale une rasade.

- Le jour où les deux hommes dont vous ne saurez jamais les noms, sont revenus mission accomplie, c'est dans ce salon qu'ils m'ont raconté les détails de leur expédition. Hanna était sorti et je me croyais seul, mais je ne l'étais pas. May était dans sa chambre à faire ses devoirs. Comme je vous l'ai dit, elle avait les clefs et allait et venait indifféremment d'un appartement à l'autre. La petite a tout entendu. Dès les vengeurs partis, elle s'est jetée à mon cou pour me remercier. Je n'avais pas du tout l'intention de la tenir au courant, mais sur le coup j'ai aimé ses expressions de tendresse. Elle en général si réservée me submergeait de baisers. Jusqu'alors, ce que j'avais fait l'avait été pour respecter une sorte d'honneur montagnard. La vieille tante se prouvant qu'elle était capable de faire mieux que les plus virils de ses concitoyens. Mais une fois le torrent de joie passé, je pris vite conscience que le sentiment qui subsistait en elle ne me plaisait pas du tout. J'y ai vu un mélange entre une détermination sans limites et une haine profonde. La lueur meurtrière qui dansait ce soir-là dans ses yeux m'a fait peur et cette peur ne m'a jamais quitté depuis. Je croyais cajoler un oisillon blessé c'était Némésis en personne qui se révélait devant moi.

À partir de là, elle n'eut de cesse que d'approcher Ramzi Tarabaï. Pour cela elle m'obligea à accepter qu'elle vienne me retrouver en boîte les week-ends. Ces soirs-là, totalement méconnaissable, la jeune fille sage se transformait en femme fatale. Elle fut vite très entourée. Tous les hommes s'intéressaient à elle. C'est étonnant comme les femmes ont l'instinct de la bonne attitude à avoir dans ces circonstances. Elle laissait chacun à distance respectable tout en lui faisant espérer un possible rapprochement. Elle aurait oublié sa rancœur, je l'aurais admirée, mais, en fait, plus les mois passaient plus celle-ci amplifiait.

Ramzi tomba bientôt dans ses filets, il ne pouvait en être autrement. Elle joua avec lui telle une chatte avec une souris, lui faisant croire qu'elle l'aimait, mais fuyant à chaque approche. Comme l'homme n'était pas du genre romantique, il arriva ce qui devait arriver, ce que nous savions qu'il arriverait, car il l'avait déjà fait avec deux autres clientes. Il essaya de la droguer. Nous étions tous aux aguets ce qui permit à Fred, le barman de procéder discrètement à l'échange des verres. May voulut jouer le jeu, faire semblant d'être droguée. Rien, ni personne ne pouvait l'en empêcher. Il ne nous restait plus qu'à tenter de les suivre ce que nous fîmes. Le plan était de repérer son antre et de lui faire passer l'envie de recommencer tout en vengeant Jad Kfoury, mais arrivés devant l'immeuble de Raouché nous avons déchanté. Impossible d'entrer, à cause de la présence de son père, l'immeuble était mieux gardé que le parlement libanais. Il m'a fallu une heure pour trouver une solution, dégotter le numéro de Tarabaï père et l'appeler. Il n'était pas chez lui, mais sa fille, elle, était présente. Je lui ai expliqué le minimum. J'ai parlé enlèvement, drogue du violeur, viol. C'est elle qui est allée sonner chez son frère.

Je ne sais pas comment elle s'y est prise, mais cinq minutes plus tard, elle descendait soutenant May enveloppée dans une couverture. Elle l'a embrassé, lui a caressé la tête et l'a confié aux gardes qui nous l'ont remise. J'ai eu le temps de l'entendre hurler à un Sharif Maamarbachi penaud de ne plus jamais mettre les pieds dans l'immeuble faute de quoi elle le ferait jeter immédiatement en prison.

Georges Stephan s'arrête pour se consacrer à son verre qu'il regarde comme si c'était une boule de cristal capable de lui apporter en plus de son oracle, paix et sérénité. Nous sommes nous même sous le choc de cette vérité qui cette fois, me paraît indéniable. C'est moi qui brise le silence.

- Et pour la suite ?
- La suite, messieurs, est comme je vous l'ai raconté à votre dernière visite, à quelques détails près. Quand j'ai vu Fouad Tarabaï, il avait préparé une enveloppe bien modeste qu'il m'a tendue sans me laisser le temps de m'asseoir, avec la hauteur de celui qui croit avoir affaire à une prostituée et à son souteneur. Je ne pouvais pas le laisser sur cette impression. Je lui ai rendu son pourboire, me suis pris le fauteuil le plus confortable et lui ai tout raconté depuis Mayrouba jusqu'à l'épisode du GHB. Il a tout d'abord voulu m'en empêcher, puis, voyant que je ne m'en irais pas si facilement, c'est assis pour m'écouter. Quand j'ai fini de parler, il pleurait. Oui, messieurs, ce politicien retors, ce voleur, ce tueur peut-être, pleurait. Il m'a juré qu'il éloignerait son fils, que celui-ci devrait s'amender et que, sinon, il le déshériterait en faveur de sa sœur. Puis, il est allé ouvrir un coffre situé derrière une médiocre copie du « Déjeuner des canotiers » de Renoir encadré dans un faux cadre XVIIIe dont les dorures paraissaient ne devoir jamais vieillir. Il en retira une énorme liasse de billets, vida son attaché-case, les mit à

l'intérieur et me le posa devant moi en prononçant ces mots, « je vous prie d'accepter cette contribution aux études de votre filleule. Mes excuses ne lui serviront à rien, mais je vous prie de les lui transmettre tout de même». Puis il se leva et m'accompagna jusqu'à la porte.
- Qu'en avez-vous fait ?
- J'ai ouvert un compte au nom de May et celle-ci une fois guérie, l'ai envoyé à Bruxelles chez l'une de mes cousines bonne sœur pour qu'elle y passe son bac.
- Elle y est toujours ?
- Non, messieurs, non et c'est tout le drame. La petite a passé son bac et juste après les résultats, elle a disparu. Ma cousine y a d'abord vu une absence avec des copains pour fêter leur réussite. Une semaine plus tard, sans nouvelles, elle s'est inquiétée et s'est rendue à la police, mais comme May est majeure, les autorités belges n'ont même pas pu lancer de recherches officielles. Le pire, c'est que cela fait deux mois qu'elle n'a pas tiré un sou de son compte. Je me suis renseigné auprès de sa banque, le compte n'a pas bougé depuis le premier octobre et d'après le gars que je connais au guichet, le dernier retrait et les précédents ont été faits sur le sol libanais. Je suis très inquiet, c'est ce qui m'a amené à vous ouvrir mon cœur.
- Elle serait rentrée sans vous en avertir et sans joindre ses parents ?

- Pour moi c'est sûr, pour les parents je ne sais pas. J'avoue n'avoir pas eu le courage de les avertir de sa disparition.

Je me tourne vers Nicolas qui semble perdu dans de sombres pensées. Il est voûté dans son fauteuil, l'œil dans le vide, comme absent. Je me sens obligé de garder la main.

- Monsieur Stephan, le commandant et moi allons nous renseigner.
- Vous me tiendrez au courant ?
- Sans faute, je vous le promets.

Je me lève, ce qui a pour effet de sortir mon ami de sa torpeur. Nous saluons brièvement et quittons prestement l'appartement envahi, à présent, par la pénombre.

23

Dans les escaliers, j'envoie un SMS à Amal pour lui demander si elle veut bien dîner avec moi. Avant d'arriver aux voitures je reçois la réponse, « je passe te prendre à vingt et une heures », suivi d'un cœur qui bat. Son message me rassure. Nous ne nous sommes plus parlé ni écrit depuis l'épisode dépressif d'hier soir et j'avoue que notre reprise de contact m'inquiétait un peu. Elle aurait pu mal prendre la froideur de notre séparation nocturne. Je lui envoie trois cœurs et trois roses, en attendant.

Pendant ce temps, Nicolas, lui, appelle son collègue de Mayrouba pour lui demander de se renseigner auprès du jeune paralysé. Est-ce que May l'aurait appelé et si oui, quand et d'où. Il reçoit en retour la confirmation de ce que l'oncle de Beyrouth à qui May a été confiée s'appelle Georges Stephan.

Arrivé aux voitures il donne quelques ordres, dont celui de vérifier les entrées sur le territoire entre le 20 juillet et le 30 septembre.

- Je pars tout de suite à la sûreté de l'aéroport. Avec l'informatique ce devrait être vite fait, répond Malek Nasrat. Allez les gars !

- Attendez une minute. Vous allez ramener le Général Glière chez lui, mais avant j'ai à lui parler.

Il me prend par le bras pour me conduire quelques mètres plus loin dans la cour d'un restaurant encore presque vide.

- Demain, je compte convoquer le fils Saad. Nous allons l'emmener à l'appartement de Ramzi Tarabaï pour lui tirer les vers du nez. Je pense que le lieu l'inspirera. Qu'en penses-tu ?
- Bonne idée.
- Ton avis sur le vieux videur ! Nous a-t-il dit la vérité ?
- En partie, certainement, mais pas totalement. Je ne l'imagine pas tuant de sang-froid cinq personnes, mais je peux me tromper.
- Tu vois quelqu'un ?
- Personne encore, mais il s'agirait d'un pro que cela ne m'étonnerait pas. Le Geargoura connaît les règles, mais j'ai du mal à concevoir un gars qui boit et s'effondre en larmes comme une vieille femme, exécuter tout ce monde de sang-froid. Il est trop sensible. Ça ne colle pas !
- Mais il a des hommes de main.
- D'accord, ce sont des pros, mais si mes souvenirs sont encore bons, ce type de forts à bras ne se mouillent pas au-delà d'une ligne jaune.
- Je te suis, mais dans ce cas qui vois-tu, la fille ?

- Je ne sais pas, elle semble en avoir la volonté, mais j'ai du mal à l'imaginer un gros calibre à la main. Et puis, n'oublions pas que les corps ont été déplacés.
- Ils pourraient être deux, non ?
- Deux c'est possible ! Mais deux personnes qui ne laissent aucune trace, c'est difficile.
- Qui d'autre, alors ? Une sorte de redresseur de torts. Un Zorro ? Pourquoi pas ! Peut-être bien, mais pas Georges Stephan, lui serait plutôt dans le rôle d'une *Madre Dolorosa*.
- Ou une tout autre histoire ?
- Une autre fille ? Plusieurs tueurs différents ? Une ronde ?
- Une ronde ?
- La ronde de Schnitzler !
- C'est quoi, ça ?
- Une pièce de théâtre où des personnages différents, aux destins apparemment séparés, se succèdent pour former une seule histoire.
- Une fille, de la drogue, du fric ? Voilà ce que je vois ! me dit-il, visible agacé.

Il s'aperçoit immédiatement de la grossièreté de sa réplique, me demande de bien vouloir l'excuser, qu'il est fatigué, que cela va passer…

- Nous parlerons de ta ronde. Il fera jour demain, mais là je rentre. Je suis crevé et l'histoire de cette fille m'a achevé. Salue Amal de ma part.

- Et toi, embrasse Zeina de la mienne, dis-je soudain joyeux à l'idée de revoir Amal.

Je suis néanmoins inquiet, car mon ami est à fleur de peau et je ne l'ai jamais vu ainsi, lui d'habitude tellement maître de lui. J'y pense pendant tout le trajet d'autant que Ali, qui a observé nos échanges de loin, demeure silencieux.

***

Il n'est que vingt heures quand la Hummer me dépose devant chez moi ce qui me donne le temps de passer sons la douche et de tripatouiller le tableau du salon avant l'arrivée d'Amal. L'enquête a avancé à pas de géant depuis notre visite à Mayrouba, mais le mystère demeure entier quant à l'assassin lui-même. J'ai presque totalement écarté Geargoura, auquel je ne crois pas, mais pas la jeune May. Néanmoins, je les pose ensemble à droite du tableau dans la liste des suspects. J'y rajoute Nassim Saad, même s'il paraît avoir un alibi. Il aurait pu vouloir effacer les traces de son passé. Mais dans ce cas, comment expliquer la mort de son frère. Il me reste à dessiner une silhouette stylisée de Zorro, à laquelle j'accole un point d'interrogation. Je recule pour regarder l'ensemble de photos, de lignes, de flèches du tableau. Pourquoi ai-je un si mauvais pressentiment ?

Je n'ai pas le temps de m'en laisser imbiber, car la porte sonne. C'est Amal qui me saute littéralement dans les bras et me couvre de baisers. Je titube tout en continuant de la porter jusqu'au canapé de l'entrée où nous nous affalons pour continuer nos ébats. Dieu que la vie peut être belle, parfois !

24

Le commissaire Naggiar avait fait les choses dans les règles, avec un maximum de décorum. Il fallait ça pour intimider tant soit peu le fils du député Saad. La poste étant ce qu'elle était, inexistante, Ali était allé remettre la convocation au jeune homme, en main propre.

Nassim Saad, muni du papier timbré, se présente donc seul au commissariat où l'attend Nicolas pour le conduire à Raouché dans l'appartement de Ramzi Tarabaï où nous nous trouvons déjà Malek et moi.

Le gamin frime, mais n'en mène pas large quand Nicolas commence l'interrogatoire. Il fait un geste que j'ai remarqué dès notre première rencontre, il passe et repasse sa main dans son immense tignasse. Avec lui, impossible de manquer d'ADN.

- Monsieur Saad, je vous ai convoqué pour nous confirmer ce que nous savons déjà et espérer en apprendre davantage. Pour des raisons pratiques et pour ménager votre vie privée, je n'ai pas prévu de convoquer ma greffière. Nous enregistrerons donc la conversation, à moins que vous préfériez que je le la fasse venir.

D'un signe de la main, le jeune homme approuve le choix de Nicolas.

- Commençons donc s'il vous plaît. 15 novembre 2015 – Appartement de la victime Ramzi Tarabaï - devant les officiers de police Malek Nasrat et Nicolas Naggiar – en présence de Monsieur le Contrôleur Général Thomas Glière – Déclaration de Monsieur Nassim Saad, témoin.

Nicolas se redresse sur sa chaise et commence ses questions, d'un ton neutre.

- Monsieur Saad, êtes-vous déjà venu ici et si oui dans qu'elles circonstances ?
- Je ne m'en souviens pas, peut-être !
- J'ai besoin de réponses plus précises, monsieur Saad. J'ai dû mal poser ma question. Nous sommes certains de votre présence dans cet appartement. Nous disposons de vos traces ADN. Quand êtes-vous venu et pour y faire quoi ?
- J'y suis venu fin août sur l'invitation de Ramzi.
- Étiez-vous amis ?
- Disons que nous nous connaissions un peu.
- Vous fournissait-ils en drogue ?
- Je ne me drogue pas, commandant !
- Bon, qui d'autre se trouvait là.
- Trois autres personnes.
- Des filles ? C'est Malek qui pose la question.

- Non, pourquoi des filles ? Je ne vois pas pourquoi j'aurais amené ma fiancée Joumana chez Ramzi, lieutenant.
- Parce que vous êtes fiancé ?
- Depuis six mois ! Vous ne lisez donc pas la presse ?
- Pas la presse people. Mais revenons à nos moutons. Il s'agissait donc d'hommes ?
- Oui !
- Qui étaient les trois autres hommes ?

Nassim Saad hésite. Il sait qu'il n'a pas le choix et qu'il va devoir parler, mais ce n'est pas dans sa nature qu'il cultive, très secrète. Son père et l'avocat de la famille lui ont conseillé de parler sans crainte des conséquences. Car, après tout, il n'a pas fait grand-chose.

- Seif El Dik, Hassan Traboulsi et Sharif Maamarbachi.
- Vous les connaissiez tous, n'est-ce pas ?
- Oui, mais j'étais étonné de les voir ensemble. Je ne savais pas grand-chose du but de la réunion. Ramzi m'avait simplement dit, « il s'agit de l'affaire May Stéphan » et comme je ne voyais pas trop de quoi il s'agissait, il a précisé, « la fiancée de Jad Kfoury, le gars de Mayrouba ». C'est pourquoi, si la présence des deux flics ne m'a pas étonné vu les sommes énormes que nous leur avions payées pour étouffer cette histoire, celle de Sharif Maamarbachi m'a surpris, car il n'était pas présent ce maudit soir à Mayrouba.

- Vous n'étiez pas au courant de l'épisode de la tentative de viol ?
- Non, pas du tout ! Comme je vous l'ai déjà dit à Byblos, Ramzi et moi ne nous fréquentions pas. Je le rencontrais parfois au détour d'une sortie en boîte et le fameux soir à Faraya. Nous n'étions pas du tout, amis. Nous étions juste des connaissances qui évoluent dans des milieux différents, mais de niveaux équivalents. Il était druze et moi maronite, l'explication est suffisante, non ?
- En quelque sorte, vous vous retrouviez seulement pour faire des conneries. Quel était le but de la réunion ?
- Maamarbachi avait un bras dans le plâtre. Quand je lui ai demandé comment il s'était fait ça, il m'a simplement dit, « May Stephan ! »
- May Stephan, lui avait cassé le bras ?
- Pas elle directement, mais trois forts à bras payés par elle.
- Comment le savait-il ?
- Il s'était fait enlever la semaine précédente à la sortie du « White » par trois costauds, des Albanais, semble-t-il, qui l'avaient traîné vers un terrain vague et l'avaient roué de coups. C'est dans un demi-brouillard qu'il avait vu l'un d'entre eux sortir une sorte de fer à marquer les bêtes, en plus petit, le porter au rouge pendant qu'un comparse lui retirait pantalon et slip. Il ne se souvenait que d'une immense douleur et d'une horrible odeur de cochon

grillé qui ne l'avait pas encore quitté à son réveil à l'hôpital. Comme j'avais du mal à le croire, il baissa son pantalon. Je vis alors une boursouflure écarlate sur le dessus de son sexe. Je n'y distinguais rien de bien clair, mais il m'affirma qu'il y avait deux lettres enchevêtrées, un S et un M. « Sado/Maso » dis-je pour détendre l'atmosphère. « May Stephan », me répondit Sharif Maamarbachi hors de lui. C'est là qu'il raconta l'épisode de l'appartement par le détail, May, la drogue, la torture, le viol, l'arrivée de la sœur de Ramzi, le videur Geargoura qu'il avait reconnu.

- Vous étiez devenus le « groupe des ennemis de May Stephan ».
- Disons plutôt, le groupe des futures victimes de May Stephan.
- Et qu'avez-vous décidé de faire ?
- Ramzi nous raconta que son père l'avait largement indemnisée et que la jeune femme devait aller en Europe avec cet argent. Il n'était pas convaincu de son retour au Liban. Les deux ripoux nous persuadèrent du contraire. Ils avaient procédé à une enquête sommaire auprès des autorités aériennes et à l'évidence, May Stephan avait réintégré le territoire le vingt-sept juillet. Ce sont eux et Maamarbachi qui préconisaient une solution musclée. Ramzi et moi aurions préféré attendre et voir venir. Ramzi par peur de son père, moi, parce que j'avais été mêlé à tout ça par bêtise plus que par méchanceté et que j'avais

promis à mon père de racheter ma faute par une attitude irréprochable. Je comptais bien tenir ma promesse. D'autre part, je partais bientôt pour la Suisse et allais donc me trouver hors de portée de la vindicte éventuelle de la jeune femme.
- Les deux jeunes gens de famille se défilaient, laissant les voyous sur le carreau. Ils n'ont pas dû aimer ça.
- Non, en effet, ils n'ont pas aimé, mais j'ai refusé toute action violente et Ramzi aussi. Les deux flics ont vitupéré, Maamarbachi aussi, mais ils ont bien dû accepter notre décision.
- Pensez-vous qu'ils l'aient fait quand même ?
- Avec des types pareils, tout est possible. La peur est mauvaise conseillère et ils avaient peur. Maamarbachi pour son intégrité physique, les deux autres pour leur avenir dans les forces de sécurités. D'après mon père, une enquête interne avait été diligentée contre Seif El Dik et Hassan Traboulsi. Il l'avait appris par une indiscrétion. Ces gars-là transportaient leurs lots de casseroles et même s'ils n'étaient pas seuls dans ce cas, ils commençaient à faire tache.
- Ce n'est pas mon domaine, mais nous nous renseignerons. Malek, je veux un rapport à ce sujet pour demain. Donc pour vous, ces gens se seraient attaqués à May Stephan.
- Je n'ai pas dit ça commandant. Je ne sais pas, et à bien réfléchir je ne crois pas.

- Pourquoi aurait-on tué votre frère Maroun ?
- Je n'en ai pas la moindre idée. Je ne m'entendais que très moyennement avec mon frère. Nous n'avions absolument rien en commun, lui, le nez dans ses bondieuseries, moi trop occupé par ma boulimie de vie. De plus, il était trop souvent, à mon gré, dans la critique bienveillante. « Nassim, change de vie, pense au seigneur… », bref, commandant, c'était un empêcheur de jouir en rond.
- Vous ne l'aimiez pas ?
- On ne peut pas dire ça. Je partageais avec lui de beaux souvenirs d'enfance, mais là il est vrai que je ne le supportais plus, d'autant qu'il servait d'exemple à ma mère qui est plutôt bigote.
- Vous rendez-vous compte que tout ce que vous venez de dire vous met en bonne place comme suspect ?
- Je ne vois pas en quoi je serais suspect. C'est la vérité ! Si chaque personne qui ne s'entend pas avec son frère le tue, les rues seraient vides.

C'est vers moi qu'à présent se tourne Nicolas.

- Auriez-vous une question à poser à monsieur Saad, mon général ?
- Je vous remercie commandant, en effet. Qu'elle serait votre hypothèse sur ces crimes, monsieur Saad ?
- Êtes-vous passé à la « quarantina », général ?
- Oui en arrivant sur Beyrouth.

- Dans ce cas, en voyant cette montagne puante d'immondices, vous ne pouvez que comprendre ce que vivent les Beyrouthins. Or mon père et le père de Ramzi sont dans la commission qui s'occupe d'attribuer les marchés des ordures.
- Je ne savais pas.
- Eh, oui ! Un châtiment ne me paraît pas stupide. Et dans ce cas, tuer un fils ou un autre paraît être une punition d'égale valeur.
- Et pour les autres ?
- Maamarbachi trempait dans toutes sortes de magouilles, d'ici à ce qu'il soit aussi mêlé aux poubelles, il n'y a qu'un pas à franchir. Et les flics ? Eh bien, à vous de trouver un lien entre ces ordures et les déchetteries.
- Vous êtes d'une logique implacable, mais auriez-vous une autre hypothèse ?
- Celle de la vengeance d'une femme. Tout colle, sauf pour mon frère !
- Et s'il y avait eu erreur ?
- Le tueur doit se sentir très mal !
- Une dernière question. Avez-vous parlé d'argent ?
- Les policiers et Maamarbachi nous en ont réclamé en effet.
- Dans quel but ?
- Pour se protéger de May Stéphan.
- Leur en avez-vous donné ?

- Pas un sou ! De toutes les façons, l'argent ce n'est pas nous qui en disposons et nos pères auraient refusé.
- Merci, monsieur Saad, je n'ai plus d'autres questions.

Nous quittons l'appartement de Ramzi Tarabaï un peu déçus. Rien de vraiment nouveau n'a émergé de cette pseudo reconstitution si ce n'est que les victimes ont envisagé de neutraliser la petite May Stephan.

- Qu'en penses-tu ? me demande Nicolas.
- Ou tous les Libanais sont de grands comédiens ou celui-ci est aussi sincère et innocent que le précédent témoin. Ses hypothèses se tiennent, mais il manque quelque chose pour que l'équilibre soit atteint. Et toi ?
- Moi ?
- Oui, toi qu'en penses-tu ?
- Comme toi !
- Ça ne nous avance pas.
- J'ai faim et toi ?
- Pareil !
- As-tu déjà goûté à la cuisine arménienne ?
- Non.
- Alors viens, je t'emmène chez « Appo » manger une Kefta harra. Puis, si nous avons digéré, tu observeras, par toi-même, la fameuse « Quarantina » ! c'est juste à côté.
- On appelle les femmes ?

- Tu es fou. Zeina et Amal chez « Appo », quelle drôle d'idée. Attends de voir l'endroit pour comprendre.

Il me prend le bras et m'entraîne vers sa voiture personnelle garée à côté. Trois quarts d'heure plus tard, je comprenais pourquoi mon idée d'y emmener les femmes était tellement saugrenue. Des tables bancales, un service viril à l'extrême, un désordre total, du bruit au-delà du supportable, mais une hygiène très raisonnable et surtout une découverte à chaque nouveau plat. Bref, aucun raffinement apparent, mais une joie pour nos papilles ! Le seul problème dans ce merveilleux « buibui » est de s'arrêter de vouloir tout goûter.

25

C'est une montagne, enfin presque, mais dans un paysage marin plat comme le dos de la main ça pourrait passer pour tel. Les terrils du nord, cousins de celui-ci, ont l'avantage de n'émettre aucune odeur. Ici, elle est pestilentielle. Les seuls voisins heureux sont les mouettes qui se régalent. La *Quarantina* c'est l'ancienne *quarantaine* où étaient stockés marchandises douteuses, humains malades et animaux. Depuis longtemps transformée en décharge à ciel ouvert, elle déborde. Par manque d'incinérateurs, on y allume par-ci par-là des foyers censés faire de la place pour les poubelles nouvelles. C'est une sorte de *no man land* incontournable, dont personne ne veut, mais que tout le monde subit.

- Tu ne peux imaginer, Thomas, les milliards de dollars que cette saleté a rapportés. Ils s'en sont tous mis plein les poches. Le Liban a reçu des aides internationales qui ont purement et simplement disparu. S'ajoutent les impôts locaux, les seuls à peu près perçus ici et tu comprendras l'intérêt de laisser cette chose en l'état.
- Les gens devraient se révolter.
- Quand c'est le cas, les voleurs qui dirigent ce pays s'en offusquent et les traitent de terroristes. C'est ainsi que fonctionnement le pays. Ici, au moins, la

crasse est visible, mais partout ailleurs elle est cachée. Pense que depuis mille neuf cent quarante-huit, nous hébergeons nos « frères » palestiniens dans des camps, cinq cent mille à ce jour. Ils y sont bloqués à vie, eux et leurs descendants, sans qu'en soixante-dix ans, ne leur soient accordés ni un statut décent ni la nationalité libanaise. Ces camps sont des villes à part. Des lieux de non-droit dans lesquels l'autorité libanaise n'a pas droit de cité. Les subsides de la communauté internationale ont été d'une telle ampleur en soixante-dix ans qu'il est impossible de les chiffrer. Et aujourd'hui arrive une nouvelle manne, les réfugiés syriens et une idée nouvelle pour s'accaparer les aides étrangères, pas de camp de réfugiés, juste des ONG.

- Il doit bien y avoir des hommes politiques capables de renverser la vapeur.
- Non, pas un seul. Ce sont juste des chefs de clans riches comme Crésus à force de vols et de rapines. Actuellement, deux lamentables crétins se disputent la présidence de la république. Un ancien assassin reconverti en père de la nation et un très vieux général qui a perdu toutes ses batailles et a livré en partant le pays aux mains des Assad. Le comble, c'est qu'il existe encore des gens pour croire en eux.
- Le Liban est une démocratie, le peuple fera un jour ou l'autre le bon choix, non ?
- Inch'allah ! Que Dieu t'entende ! Mais, je n'y crois pas, car le Liban n'est pas une démocratie, c'est une

clanocratie népotique. Nous ne nous en sortirons jamais. Viens, quittons ce lieu.
- Tu sais, la démocratie ce n'est après tout que la possibilité qu'à un peuple de réparer une bêtise faite lors d'un vote précédent, par une nouvelle erreur.
- Que préconises-tu ?
- Un tirage au sort.
- Le retour à la démocratie première, en quelques sortes ?
- Oui, mais où ne seraient éliminés que les individus dangereux, déséquilibrés, ou déchus de droits civiques. Comme pour les jurés d'assises.
- Pas mal ! Bonne idée ! Mais tirons-nous de cette infection, sinon nous allons perdre tout le bénéfice de notre festin, dit Nicolas en me prenant le bras.
- Ce serait dommage, dis-je en riant pendant qu'il m'entraîne à la voiture.

Je ne demande pas mon reste et suis heureux de quitter cette puanteur. Nicolas se dirige vers le nord. Je le laisse faire sans poser de question, mais je me demande où nous allons.

Ce n'est que devant le portail que je m'aperçois que nous sommes de retour à Kaslik.

- C'est dimanche, Zeina aurait été furieuse que je ne vienne pas et Amal m'aurait fait la tête de t'enlever à elle. Les femmes ont déjeuné là avec les enfants, enfin les miens. Elles doivent être au bord de la piscine. J'ai pensé que tu aimerais jeter un œil à ton bateau.

***

On entend au loin, les cris des enfants qui jouent à se pousser à l'eau. Zeina et Amal sont étendues sur des transats, en grande conversation avec deux copines. C'est Zeina qui, la première, nous aperçoit.

- Alors, il paraît que tu nous voulais chez *Appo* ?
- Oui, j'avoue, mais j'ai des excuses, je ne savais pas ce que c'était.
- Et ça a changé. Nous avons mangé à l'étage. Les tables sont presque neuves et il y a l'air conditionné. La prochaine fois, je vous y amène, intervient un Nicolas détendu.
- Vingt mecs pour une femme, quelle joie, répond Zeina en riant.
- Et quels hommes, dit l'une des copines, grands, chauves, tatoués !
- Et armés, dit une belle brune plantureuse, m'examinant de la tête aux pieds comme un maquignon évalue l'état d'un bovin.
- Il n'empêche, mesdames, que c'est le meilleur restaurant de Beyrouth. N'est-ce pas Thomas ?

- Je ne les connais encore pas tous, mais il est vraiment formidable. Cette kefta harra est à tomber, dis-je en grasseyant. Ce qui fait rire tout le monde, même Amal, mais elle accompagne son rire d'une telle tendresse que j'ai envie de l'embrasser.
- Si vous voulez faire le tour des bons restaurants... commence celle qui me soupesait tout à l'heure.
- Je m'en charge, intervient Amal qui n'a rien dit jusqu'alors, mais veille au grain. Son ton péremptoire ne laisse à la femme aucune autre possibilité d'approche.
- Amal, tu veux bien conduire Thomas à son bateau. Je suis sûr qu'il serait heureux de le voir, propose opportunément, Nicolas.

Elle se lève rapidement, pour couper court à toute autre velléité féminine. Me prend le bras, se serre contre moi, me claque une bise et m'emporte, tel un trophée, dans son sillage vers les ateliers. Pendant le périple, elle me frôle un peu plus que la décence ne l'autorise, histoire de bien montrer à ses amies qui nous observent de loin, qui est à qui.

C'est Youssef qui involontairement nous sépare. Il m'a vu arriver de loin et veut me montrer son travail. Il nous emmène fièrement vers l'*Amphitrite* qui, posé sur un ber, nous attend sagement. Le voilier est méconnaissable. À première vue, l'antifouling est impeccable et le bateau brille plus que le jour de sa naissance. Je monte voir la partie haute, suivi d'Amal. Les chandeliers ont été astiqués, les bois revernis et l'intérieur nettoyé et rangé. Seules manquent les housses de banquettes et de coussins. Youssef me rassure, elles sont au pressing et les voiles à l'atelier pour vérification et réparation. Je n'aurais jamais eu droit à de telles prestations en France, autant le dire au chef de base. Mes félicitations largement méritées lui vont droit au cœur. J'avoue avoir une petite appréhension sur le coût de cette merveilleuse rénovation, mais je m'abstiens de parler de ça. Je fais juste un geste qui veut dire « avez-vous besoin d'argent ? » dans toutes les langues. Il me répond par un autre geste universel de dénégation. Je n'insiste pas. Il sera bien temps de régler ça quand je réceptionnerai le bateau totalement terminé. J'entends Amal me dire, « tu m'emmèneras faire un tour ? »

- Au bout du monde, mon amour !

Elle se serre encore plus fort contre moi, sans répondre.

26

Il est moins de sept heures quand le téléphone sonne. Je m'en saisis pendant qu'Amal grogne dans mon dos.

- Désolé pour le réveil intempestif, mais Obeyda me convoque, ce crétin d'Hafiz dit détenir l'assassin, en fait, les assassins. J'aimerais que tu viennes avec moi.
- Ok, quand ?
- Je passe te prendre, nous avons rendez-vous avec le chef et le matamore de l'antiterrorisme à huit heures.
- Vas-y directement, je te rejoins
- Tu vas savoir te débrouiller ?
- Il y a douze taxis stationnés à cinquante mètres de l'immeuble, ne t'en fais pas.
- Bien, j'accepte, car ça nous donne à tous deux un quart d'heure de plus.

C'était vraiment inutile de lui imposer ce détour et ça me laissait un moment de plus à profiter d'Amal. Je commençais à appréhender la fin de notre enquête qui signifierait mon départ. Que faire ? Comment continuer notre relation ? Les femmes projettent plus que nous. Ma compagne devait y penser. Ne gâche pas tout, me dis-je intérieurement pendant que je me tourne vers elle pour l'embrasser.

***

Je suis devant la maison mère de la police à huit heures pétantes. Le chauffeur de taxi, Aziz, un homme d'âge, m'a raconté ses galères dans un français approximatif mêlé de libanais. Par manque de moyens, incapable de s'offrir un logement dans la capitale malgré ses douze heures de travail quotidien, il est obligé, de vivre en dehors de Beyrouth dans un deux-pièces avec sa femme et ses trois enfants. Comme Nicolas me l'a appris, j'ai demandé le prix de la course avant de rentrer dans la voiture. C'est dérisoire, à peine six euros. Je lui en donne huit pour le mal qu'il s'est donné à me déposer en temps voulu et aussi parce qu'il est facile d'être généreux à ce prix. Il me remercie chaleureusement, avec dignité et me demande s'il faut venir me reprendre ou si je préfère qu'il m'attende. Devant mon refus poli, sa déception m'amène à lui demander son numéro de téléphone et à lui promettre de m'adresser à lui à la première occasion. Il me souhaite le meilleur et m'octroie une bénédiction où il est question de paix, compréhensible dans toutes les langues du coin.

Dès que je donne mon nom au planton de garde, celui-ci se fait remplacer et quitte son poste pour m'accompagner au bureau d'Obeyda. La secrétaire du patron de Nicolas me précède dans mes derniers pas. C'est une belle plante, brune, ongles rouges fraîchement peints, mâchant son chewing-gum avec application. Pourquoi ai-je l'impression qu'Obeyda ne l'a pas choisie sur un concours de sténographie ? Elle ondule jusqu'à la porte et l'ouvre en m'annonçant. Le commandant Hafiz trône au milieu de la pièce en tenue de combat. Il vient de commencer à expliquer comment il a réussi son coup de filet.

- Dans le cadre des attentats, j'ai découvert un groupe de fondamentalistes religieux qui préparaient l'assassinat du ministre de l'Intérieur.
- Rien que ça ? demande Nicolas avec un sourire en coin qui en disait long sur le respect que lui inspirait son collègue.
- Oui, rien que ça ! En fouillant chez eux, j'ai découvert des tracts pro-Daesh que j'ai trouvés intéressants.

Il joint le geste à la parole et dépose sur la table une feuille imprimée que saisit Obeyda et l'ayant lu, la passe à Nicolas qui me la remet, à son tour, sans se rendre compte que le tract est écrit en arabe.

- Et alors ?
- Comme vous pouvez voir, le mot « pourris » est écrit cinq fois.
- Oui, comme les mots « salauds », « voleurs », « assassins » et « mécréants » ! Non ! « assassins » est cité sept fois et « mécréants » huit.
- Ils ont avoué !
- Quoi donc, répond Nicolas qui commence à s'échauffer.

- Tout ! Les cinq crimes. Tout te dis-je !

Même Obeyda semble désarçonné par cette dernière affirmation d'Hafiz. Nicolas fulmine, quant à moi, je sais la chose impossible. Rien dans l'organisation de ces meurtres ne ressemble de près ou de loin à une action de fanatiques. C'est Nicolas qui reprend la parole.

- Ils sont Libanais ?
- Non, Syriens !
- Tu as trouvé l'arme ?
- Quelle arme ! J'en ai trouvé plein, depuis des fusils d'assaut en passant par des grenades et même des détonateurs.
- Et un pistolet ?
- Bien sûr, ils en avaient six avec des chargeurs de rechange et des balles.
- J'aimerais les voir, est-ce possible ?
- Les armes ?
- Oui, les armes et les terroristes.
- Pour les armes c'est facile, mais les terroristes sont au secret.
- J'aimerais les interroger quand même, dit mon ami en regardant Obeyda, qui jusque là reste silencieux, avec insistance.

Obeyda qui comprend les doutes de son second, intervient.

- Mon cher Samir, il est normal que le commandant Naggiar, chargé de l'affaire puisse interroger les suspects.

- Mais, patron, ce sont mes prisonniers.
- Je suis désolé Samir, mais c'est son enquête et il est normal que Nicolas s'entretienne avec tes suspects. Le plus tôt serait le mieux, d'ailleurs. Où sont-ils ?
- Dans nos locaux, au sous-sol ! répond Hafiz, comprenant que la bataille est perdue.
- Au purgatoire ?
- Oui !
- On y va tous, chef ? demande Nicolas.
- Pas moi, répond leur chef, je donne une conférence de presse dans une heure. Il faut que je prépare un texte et si vous saviez combien je déteste ça. Allez !

Nous nous dirigeons vers la porte tous les trois pendant qu'Obeyda fait mine de chercher des feuilles dans l'un des tiroirs de son bureau. Juste avant que Nicolas sorte, il le rappelle en lui faisant signe de fermer la porte derrière lui. Une fois en tête à tête avec son second il lui fait sa demande.

- Je veux connaître tes impressions dans une demi-heure au plus tard. Je sens l'embrouille et j'aimerais bien éviter de passer pour un con auprès de la presse.
- À vos ordres, chef ! répond le commandant Naggiar, ravi d'avoir reçu une marque de confiance de la part de son supérieur.

Si ces deux-là sont loin d'être toujours d'accord, il y a entre eux un respect réciproque rare dans la maison.

Le fait de nous laisser attendre seuls de l'autre côté de la porte exaspère Samir Hafiz. Il trépigne d'autant plus que ma présence lui interdit toute oreille indiscrète. La sortie triomphale de mon ami accentue sa mauvaise humeur. Il nous fait signe de le suivre et va si vite que l'on pourrait croire qu'il tente de nous semer.

Un ascenseur nous dépose au troisième et dernier sous-sol où un garde armé nous attend pour nous faire passer un sas de dernière génération. À partir de là, deux autres gardes nous conduisent dans l'une des cellules. Trois hommes y sont accroupis par terre, les chevilles entravées de chaînes. Il est visible qu'ils ont été malmenés.

- Qui est le chef ? demande Nicolas en arabe.
- Le prisonnier placé le plus loin désigne celui qui se trouve au plus près du centre de la pièce. Les coups ont émoussé leur solidarité.
- C'est toi ? demande Nicolas en s'adressant à lui.
- Si on veut, mais chez nous, pas besoin de chef, répond l'autre, un maigrichon dépenaillé.
- Alors, il paraît que tu voulais faire exploser l'un de nos ministres ?
- Pour commencer !
- Et c'est pour vous entraîner que vous avez tué cinq autres personnes ?
- Oui, c'est pour ça et parce que c'étaient des pourris.
- Tu saurais m'écrire « tous pourris » ?
- Bien sûr ! Vous me prenez pour qui ? Je suis un Imam.
- Et en français et en anglais ?

- Chez nous il y a des gens de toutes les nationalités.
- Et comment les avez-vous tués ?

Le type ne répond pas et mime un pistolet sur la tempe. Il a bien appris sa leçon, me dis-je ? Nicolas doit se dire la même chose.

- Comment as-tu fait pour attirer les victimes à toi ?
- Nous les avons suivies, pas attirées.
- Maamarbachi par exemple comment avez-vous fait pour qu'il vienne au Saint Georges.
- Il y est allé tout seul, nous l'avons suivi et abattu comme le chien qu'il était.
- Pourquoi, chien ? Que t'avait-il fait ?
- À moi rien, mais à Dieu, beaucoup !
- Beaucoup, comment ?
- Je ne sais pas moi, beaucoup. Nous l'avons tué, que voulez-vous de plus ?
- Sa voiture par exemple, quelle marque ?
- Je ne me souviens plus. Quelle importance ?
- Avec quelle arme ?
- Un pistolet !
- Bien, lequel ?
- Nous avons avoué les cinq crimes que vous faut-il de plus ?

Nicolas se tourne vers son collègue. Celui-ci regarde ses rangers, ses hommes n'ont pas pu préparer mieux les suspects, ce n'est pas faute d'avoir enfoncé le clou à coup de baffes. Le troisième larron voit que la situation se dégrade et tente une diversion.

- Peut-être nous sommes nous trompés pour le dernier, mais ce qui est sûr c'est que nous en avons au moins tué les quatre premiers.
- Pourquoi ?
- Tous pourris !
- Ça, j'ai compris, mais encore ?
- Tous pourris ! Allah akbar !
- La marque du pistolet ?
- Je ne sais pas, plusieurs, différents…
- Où sont-ils ?
- Jetés à la mer.

Le commandant Naggiar ne prend même pas la peine de répondre, ni même de saluer son collègue. Il me fait signe de le suivre et nous reprenons seuls le chemin inverse pendant que nous entendons Hafiz injurier ses prisonniers. Un bruit sourd de coups de pieds nous parvient alors que nous nous engouffrons dans l'ascenseur.

Obeyda nous attend en faisant les cent pas.

- Alors ?
- Alors, Hafiz, c'est Hafiz ! Et ses plans sont, comme d'habitude, foireux ! Je plains ces imbéciles tombés dans ses griffes. Il va monter leur affaire en épingle pour faire oublier qu'il a tenté de nous fabriquer des coupables. Quand vous déciderez-vous à le virer ?
- Tu sais bien que je ne peux pas. Il est protégé, là-haut, dit-il en montrant le ciel.
- J'en ai assez de cette médiocrité institutionnelle.

Mon ami est furieux et son chef le connaît assez pour savoir que dans ces moments-là, il est capable de tout envoyer au diable. Il lui met une main sur l'épaule en signe d'apaisement, mais Nicolas se dégage.

J'ai beau être son ami, il y a comme partout au monde une retenue minimale à respecter devant un étranger au service. Pour qu'il se montre tellement dégoûté devant moi, c'est qu'il n'en peut vraiment plus.

- Peut-être que ma démission ferait bouger les choses.
- Tu sais bien que non, N'oula, répond son chef, embarrassé.
- Au moins, retrouverais-je ma dignité.
- Allez, allez, ce n'est pas le moment de penser à ça. Nous en reparlerons quand tu auras clos l'affaire, d'accord ?

Nicolas ne répond pas. Il sait qu'il ne peut pas laisser Obeyda en plan et puis un policier digne de ce nom n'abandonne pas une enquête s'il n'en est pas dessaisi.

- Messieurs, je dois vous quitter, les fauves de la presse m'attendent et je n'ai rien de nouveau à leur offrir en pâture. Trouvez-nous vite le coupable, si vous ne voulez pas que nous soyons remplacés vous et moi par un Hafiz ou pire.

27

Il y a dans l'attitude générale de Nicolas quelque chose qui me met mal à l'aise. Une drôle de mimique quand Obeyda nous laisse seuls dans son bureau, une assurance exagérée quand son chef lui demande d'accélérer l'enquête, un sourire condescendant à mon encontre, que sais-je, mais il y a quelque chose qui ne va pas. Je le sens, sans pouvoir l'expliquer. J'ai l'impression qu'il a résolu l'énigme, mais qu'il attend que je trouve à mon tour. Il me fait penser à ces courses qui se font en tandem, l'un à bicyclette, l'autre à pied. Il est à bicyclette, m'a distancé au lieu de m'accompagner et moi, je n'arrive pas à le rattraper.

N'ayant pas envie d'en parler avec lui, je refuse la collation qu'il me propose et décline dans la foulée son invitation à me raccompagner. Il y a tant de taxis !

- Il serait bon de trouver la fille, lui dis-je avant de le quitter.

Il me regarde distraitement, absorbé dans ses pensées.

- Quelle fille ?
- May Stephan, voyons !
- May, bien sûr ! Si elle existe !
- Comment, si elle existe ?
- Je veux dire, si elle est encore vivante.

Il a raison. Tout semble indiquer que la jeune fille a disparu de la surface du globe. Je hoche la tête en signe d'acquiescement, lui adresse un au revoir de la main, jette un regard circulaire et suis étonné de voir Aziz ouvrant la porte arrière de son taxi tout en m'invitant du geste à y monter. Il m'a attendu : « Maison, général »? Il a dû se renseigner, probablement auprès du planton. Je m'engouffre en silence, préférant éviter les bavardages du chauffeur. Il doit être déçu, mais respecte. Si un homme aussi éminent que moi se tait, c'est qu'il a de bonnes raisons de le faire. Il est fier de lui. Après tout, il a gagné une course et découvert mon grade. Un général, c'est quelqu'un. Quand on ne sait plus qu'en faire, ici on en fait des Présidents de la République. De plus Aziz qui n'est pas né de la dernière pluie, sait qu'à ce niveau, son passager se doit d'être généreux. Le pourboire sera donc conséquent, question de standing.

À mon retour, je suis déçu de ne pas trouver Amal au lit à m'attendre. En chaque homme se cache un Ulysse dérisoire qui pense qu'il n'est d'autres femmes aimantes que de patientes Pénélope. Je constate non sans un certain humour grinçant que depuis *l'Odyssée* les temps ont changé. Je la cherche tout de même, descends vérifier si elle est dans son atelier ou dans sa galerie, mais point d'Amal. Je tente alors de l'appeler, impossible de la joindre. Il n'y a pas de système de boîtes vocales, ici, alors je me contente de lui adresser un SMS en espérant une réponse rapide. Puis, désœuvré et sans excuse, je me remets devant mon tableau pour tenter d'y voir clair.

Je cherche à chacun des ennemis et en trouve trop. Presque tous les protagonistes de l'histoire sont capables de tuer les autres. Quand j'étais encore en fonction, j'ai appris à écouter mes intuitions, à leur faire confiance, mais là, mis à part un sombre pressentiment, je n'entrevois rien à quoi me raccrocher. Il me manque une ambiance qui me permettrait de m'ancrer dans la réalité locale, mais pour l'instant, hors Amal et les sentiments qu'elle m'inspire, tout ce qui me vient est d'ordre intellectuel, réfléchi, cartésien. C'est cette logique qui fait mon impuissance. Ce pays est un concentré d'humanité avec ce qu'elle comporte de meilleur et de pire. Nous sommes sur une terre de fantasmes, une terre de légendes où naissent les prophètes et les dieux. Alors que, moi, j'en suis à décortiquer, tel le percheron moyen, une scène de crime dont la cohérence m'échappe. Une sorte de tableau de Soulages, noir sur noir, mais inondé de lumière par un soleil si puissant qu'il m'apparaît d'un blanc immaculé à peine strié de lignes horizontales.

Je m'étends sur le canapé du salon et ferme les yeux pour mieux m'ouvrir à une solution, mais celle-ci me fuit et m'offre à la place sommeil et rêve.

Je traque l'assassin. M'apparaît la silhouette d'une femme fine et légère. Une sorte de ballerine qui saute de dune en dune. Soudain elle disparaît derrière une crête que je passe à mon tour. Elle a disparu. J'atterris dans des sables mouvants et m'y enfonce. J'appelle au secours Nicolas qui se trouve derrière moi ? Il me tend la main, mais il est entraîné avec moi. Nous allons être engloutis... quand j'entends la voix d'Amal et sens un baiser sur mon front brûlant.

- Viens, nous partons dans le sud.
- Je me suis endormi.
- Ça, je m'en étais aperçue, on entend tes ronflements jusqu'à dans la rue. J'ai décidé de t'amener déjeuner à Tyr, puis, si tu en as envie et surtout si tu n'es pas trop sage, nous nous rendrons pas loin de la frontière israélienne sur une superbe plage de sable blanc où viennent pondre des tortues de mer. Au retour, si nous en avons le temps, nous visiterons Sidon.
- C'est loin ?
- Tyr, quatre-vingts kilomètres. Tu sais, ici si tu longes la côte, il est facile de connaître les distances.
- Comment ça ?
- Chaque ville est un port et chaque port est à environ quarante kilomètres de celui qui le précède ou qui le suit. C'était la distance que parcourraient les galériens en une journée. Tyr, Sidon, Beyrouth, Jbeil, Tripoli
- Tu en sais des choses.
- N'est-ce pas ! À vrai dire, tout Libanais de dix ans sait cela.
- En plus de parler au moins trois langues. D'où vous viennent tous ces dons ?

- Nécessité fait loi !
- Et ces grands yeux noisette ?
- Pour mieux vous regarder mon seigneur.
- Et cette bouche pulpeuse ?
- Pour mieux vous embrasser, mon roi ! Mais là, debout je meurs de faim et il nous faut bien une heure et demie pour atteindre le port de Tyr et ses délices.

Je me lève et remets un peu d'ordre dans mes vêtements. Pendant ce temps, elle file dans la chambre, prend serviettes et maillots de bain et de quoi nous changer et met le tout dans un panier avec une efficacité prodigieuse.

- Nous allons nous baigner ?
- Ça dépend des tortues.
- Et j'aurai droit à un arak ?
- Eh, oui, le port est en quartier chrétien. En chemin nous passerons même devant une église. J'ai l'intention d'y faire une prière et d'allumer une bougie.
- Pour toi, je suis prêt à tous les sacrifices, même à une messe.
- Ne prends pas peur, ce sera bien plus court et tu seras récompensé au centuple.
- Hum… J'avertis Nicolas.
- C'est fait ! Il est d'accord pour t'accorder ta journée. Après tout n'es-tu pas en vacances ?
- Si tout est arrangé, alors…
- N'oublie pas ton passeport !

- Pourquoi ?
- Il y a des barrages.
- Nous ne quittons pas le territoire, pourtant.
- Non, mais nous allons en terre chiite et le Hezbollah ne plaisante pas avec la sécurité.

***

La journée est un enchantement. L'autoroute du sud, bien plus récente est aussi de bien meilleure qualité que celle qui est censée amener l'automobiliste au nord du pays. Saïda est le fief de l'ancien premier ministre assassiné, Rafik Harriri. Roi incontestable et incontesté des travaux publics, il a donc particulièrement bien soigné ce tronçon pour choyer ses administrés. Passée Saïda, la qualité faiblit un peu, mais demeure acceptable grâce à une plus faible fréquentation. Les principaux ralentissements sont dus aux barrages tatillons. De jeunes barbus me donnent du « Ammo » et du « Hajj ». Quand je demande à Amal le sens de ces mots, elle me les traduit par « oncle » et m'explique que « hajj » c'est celui qui a fait le voyage à la Mecque.

- En fait ce sont des marques de respect envers des hommes d'âge ?
- Oui, mon oncle, dit-elle en riant.

Après avoir traversé des quartiers extérieurs assez laids et ornés de portraits géants des saints combattants s'étant fait sautés chez l'éternel ennemi israélien, nous arrivons dans la partie noble de la ville, ses ruines antiques. C'est de là qu'en longeant la mer, nous nous rendons à travers le quartier chrétien vers le vieux port. Naturellement, Amal met en pratique son désir d'offrande à la vierge en m'entraînant dans la première église ouverte. Celle-ci est vide, mais un entêtant parfum d'encens indique que l'office est à peine achevé. Devant la statue de la vierge, elle allume trois cierges et me prend la main qu'elle serre pendant sa prière silencieuse.

***

Tyr, de par sa proximité avec la frontière et ses nombreux glorieux barbus, est peu fréquentée par les touristes. La ville a par conséquent conservé une réelle authenticité qui pourrait même faire craindre une détérioration de ses vestiges frappés d'indifférence. J'en parle à Amal qui chasse mes craintes d'un haussement d'épaules.

- Ne t'en fais pas, les Libanais donnent l'impression de ne penser qu'au présent, mais ils sont en fait, très attachés à leurs racines anciennes. Sauf tremblement

de terre, la cité qui est là depuis trois mille ans sera toujours là dans trois mille ans, parole d'Amal. D'ailleurs, il t'est interdit d'avoir des idées négatives par un soleil pareil. Observe, notre restaurateur. Il est en grande conversation avec le vieux pêcheur.
- Où ça ?
- Tourne-toi, là, la barque bleue ! Il choisit notre poisson et discute un peu le prix, jamais beaucoup.
- Pourquoi jamais beaucoup ?
- Ça ne se fait pas, car c'est Dieu qui offre sa pêche au pêcheur. Qui est l'homme pour s'autoriser à palabrer avec Dieu ?

***

Le déjeuner est à la hauteur de nos attentes. Le poisson croustille sous nos dents, le houmous est délicieux et l'arak nous offre la légère griserie qu'il nous faut. Repas ingéré, nous quittons Tyr pour nous diriger plus au sud. Amal veut me faire découvrir son pays d'un bout à l'autre. Il est si petit qu'il n'est pas question d'en perdre une miette. Elle sait que son histoire se confond avec celle du monde, en est fière et tente de me la transmettre comme si elle voulait insérer dans mon tronc français un greffon libanais. Elle irradie quand elle me raconte l'histoire de ses ancêtres, les Phéniciens, l'invention de l'écriture, les comptoirs, Marseille, Palerme... Plus je la regarde, plus je lis sur ses lèvres son vrai message, « viens petit sauvage d'occident, viens. Tes ancêtres taillaient vaguement quelques silex pendant que les miens érigeaient des palais et des villes. Laisse-toi porter vers la culture profonde, la mienne, c'est ma dot, je te l'apporte dans ma corbeille d'amour ». Je n'ai pas d'autre volonté que la sienne, d'autre désir que celui de me fondre dans ce cocon moelleux dans lequel elle m'enveloppe. Pourquoi résister ? Je me laisse fasciner et en guise de réponse lui prends la main et la porte à mes lèvres.

Pas longtemps, car nous sommes arrivés dans une orangeraie. Pour le cas où un doute nous aurait fait croire qu'il s'agissait d'une des plantations de bananes que nous avons traversées depuis dix kilomètres, nous pouvons lire sur l'écriteau accroché au-dessus du porche, « Orange house ».

Tout ici est différent. Deux femmes tiennent l'endroit qui n'est, ni un hôtel, ni un restaurant, mais une sorte de « Chambre d'hôtes » où dormir n'est pas nécessaire. Pour y être reçu, il suffit d'appeler Mouna ou Labibé et de demander si le jour et la date conviennent. Les propriétaires complètent par ce biais les revenus du verger. Mais, dans ce coin perdu, je crois que c'est aussi leur façon à elles de rester en contact avec la capitale et sa civilisation sans se laisser pour autant envahir. À notre arrivée nous attendent deux délicieuses limonades mentholées et glacées, composées de fruits du jardin.

***

Elles sont membres actives du WWF et vivent leur passion commune à travers la sauvegarde des œufs que les tortues de mer déposent sur le sable blanc de la plage qui se trouve au bout de leur verger. La mer est encore agréable et nous en profitons d'autant mieux que rien ne vient entraver nos pas. Les jeunes femmes nous ont rassurés. Nous ne sommes pas en période de ponte. Il n'est donc pas nécessaire de faire attention à chacun de nos pas. Seuls quelques rares promeneurs aux mines patibulaires nous rappellent qu'ici, hors l'Orangeraie, c'est l'état de guerre permanent. Pourtant, s'il existe un paradis, c'est ici.

Quand, plus tard au coucher du soleil, nous demandons à Labibé si nous pouvons passer la nuit chez elles, celle-ci nous ouvre la porte d'une chambre déjà prête, lit fait et panier de fruits frais en attente de notre gourmandise. Devant mon étonnement, elle nous répond simplement « En vous voyant arriver, j'ai tout de suite su que vous resteriez. Soyez les bienvenus » ! Le sourire d'Amal contient la dose exacte de complicité féminine nécessaire.

Je ne peux m'empêcher, mêlé à la joie de passer la nuit ici loin de tout avec ma bien-aimée, d'éprouver une légère dose de culpabilité. J'ai abandonné mon ami à son sort alors que je ressens profondément son besoin de ma présence à ses côtés. Un instant, je songe à l'appeler, mais la tête d'Amal qui vient se poser sur mon épaule me dissuade de bouger de la balancelle où nous sommes enlacés. Les femmes sont toutes des magiciennes. Amal a dû sentir mes réticences. Elle les chasse d'une phrase.

- J'ai appelé Zeina. Elle se charge de Nicolas, dit-elle avant de m'embrasser dans le cou.

28

La nuit au paradis est de courte durée. Vers deux heures, nous sommes réveillés par un appel de Zeina à Amal. Elle est entre larmes, maîtrise et affolement. Ma compagne met le haut-parleur. Tout est un peu confus, mais nous comprenons l'essentiel du drame qui s'est déroulé en notre absence. Une ambulance vient d'emporter Nicolas à l'Hôtel Dieu.

- Il est rentré tard très perturbé par le suicide d'un certain Geargoura.

Je ne peux m'empêcher de demander.

- Geargoura est mort ?
- Vous le connaissiez ?
- Oui, il fait partie de l'enquête. Mais, Nicolas ?
- Il était plus d'une heure, je dormais, mais mal. Quand il est arrivé, je suis allé l'embrasser. Il m'a dit avoir besoin d'un whisky que je lui en ai préparé comme il les aime, sur un lit de glaçons. Il m'a dit avoir perdu un témoin essentiel et vouloir rester un peu à la télé avant de me rejoindre. Je connais bien mon Nicolas, il fait souvent ça et parfois il s'endort au salon dans des positions invraisemblables. C'est la raison qui m'a fait revenir une fois ou deux pour

éventuellement le réveiller et le ramener avec moi dans notre chambre. Là, le temps de faire un aller-retour dans la salle de bain et il ronflait, mais d'un drôle de ronflement inhabituel. Je l'ai caressé, secoué, rien ! Il avait cessé de respirer. J'ai hurlé, suis sortie sur le palier, ai appelé à l'aide. Des voisines ont entendu et sont venues lui faire un massage cardiaque en attendant les secours médicaux. Les pompiers l'ont choqué quatre fois avant que le cœur ne reprenne.

- Qu'est-ce qu'ils disent, demande Amal ?
- Ils ne savent pas ! Mon N'oula est dans le coma. Il l'ont mis sur un lit de glaçons, il est tout bleu. Je ne peux pas me passer de lui, je n'envisage pas un instant de vivre sans lui…
- C'est allé vite ! C'est plutôt bon signe, ça, dis-je pour nous réconforter tous, un peu.
- Vous croyez ? dit-elle comme pour se raccrocher à une branche. Personne n'a pu me rassurer. Les médecins ne disent rien. J'ai peur, j'ai si peur…
- Oui, oui, c'est très bon signe.

J'affirme ça sans trop savoir. C'est une sorte d'incantation, une méthode Coué qui nous ferait du bien. Me voilà devenu sorcier à présent.

- Nous arrivons tout de suite, Zeina. Juste le temps de faire la route !
- Moi, je vais à l'hôpital!
- Les enfants ?

- Ils dorment toujours, je préfère qu'ils ne sachent rien tout de suite. C'est inutile de les inquiéter sans en savoir plus, non ?
- Comme tu veux Zeina. Nous nous habillons et arrivons. Il nous faut environ une heure, répond Amal qui se retient mal de pleurer.

***

Je ne sais pourquoi, mais j'imaginais une salle de réanimation sombre d'une pénombre voulue pour le repos du patient. Je suis donc très surpris en entrant après un long moment d'attente dans l'immense pièce où repose mon ami de me trouver dans un lieu hyper éclairé à la température plus que basse. Nicolas repose nu sur un matelas baignant dans un lit de glaçon. Il serait facile de dire de lui qu'il est pâle, mais ce serait une description bien limitée. Ses couleurs vont du rose au bleuté et sa raideur oscille, comme lui, entre vie et trépas. Ses mains et ses chevilles sont gonflées et au bout de son sexe à peine caché par un linge pend une sonde orange qui arrive dans une poche accrochée au lit. D'autres tuyaux lui entrent dans la gorge et le nez et son torse est bardé de connexions électriques. S'il y a lutte au sein de ce corps, elle n'est visible que des instruments et de celui ou celle qui désire y croire.

Zeina lui tient la main, lui parle et l'embrasse avec toute la force de son amour. Elle a déjà mis en branle toutes les forces nécessaires à la résurrection de son homme ; Antoine, le prêtre de son église préférée, une dame connue pour son don de coupeuse de feu, sa meilleure amie, médecin et au-dessus de tout ce monde, Saint Charbel, le saint ermite faiseur de tant de miracles. La jeune philippine est chargée de l'encens qui embaume la maison et l'ami prêtre des bougies qui flambent devant les autels de son église. Il y a chez cette femme quelque chose contre laquelle la nature ne peut rien.

- Que disent les médecins ?
- Rien de plus qu'hier. Nous sommes entrés en phase de réveil. Plus vite cela se passe, meilleures sont ses chances, paraît-il. Il vous admire tant. Priez pour lui, s'il vous plaît.
- Bien sûr !

Je dis cela parce qu'elle en a besoin, mais je ne sais plus prier depuis longtemps. Qu'a-t-elle besoin de savoir que je ne crois ni à Dieu ni à diable, que si j'y avais cru un jour, la mort de ma femme m'aurait ôté tout résidu de foi. Mais là, en face de cette femme aimante je ne peux m'empêcher de penser que ce qu'elle veut, Dieu ne peut le refuser.

Je ne peux m'éterniser et mon tour de voir Nicolas est passé. Il est interdit de se trouver à plus de deux visiteurs dans cette pièce et j'ai vu ce que j'espérais voir. En quittant mon ami, je me sens pousser des ailes. J'embrasse Zeina, j'embrasse Amal qui prend ma place et sort survolté. Je suis certain que mon ami vivra.

Je trouve ses enfants serrés l'un contre l'autre sur l'une des banquettes de la salle d'attente attenante à la « réa ». Ils se sont réveillés plus vite que prévu et sont là, hagards. Véra sert de refuge à son frère Georges. C'est contre son épaule qu'il se blottit. Ce sont ses bras qui le réconfortent. Quand des mots rassurants sortent de ma bouche, c'est ce que je ressens complètement. Je ne leur offre pas une consolation, mais ma conviction profonde.

- Ne vous inquiétez pas, il va s'en sortir, c'est sûr !
- Mais les médecins… Dit Georges d'une voix éteinte.
- Les médecins n'en savent rien, mais moi j'en suis certain.

Ils doivent me prendre pour un fou, mais préfèrent entendre ça que le contraire. Une idée me vient soudain.

- Auriez-vous vu l'enregistreur de votre père ?
- C'est drôle que vous demandiez ça, me répond Véra. Il est dans le canapé à côté de sa place préférée. Je l'ai vu juste avant de venir.
- Les hommes de votre père sont-ils toujours là ?
- Oui, ils attendent à l'accueil, nous étions trop nombreux pour nous asseoir tous ici.
- Il doit manquer à votre père ses objets de toilette.
- Et sa abayé. Il adore cette robe de chambre que maman lui a offerte pour son anniversaire.

- Eh bien je vais aller lui apporter tout cela pour qu'il les trouve à son réveil.
- Oui, oui, applaudissent les enfants qui voient déjà leur père sur pieds.

Je me lève, les embrasse et leur demande d'avertir leur mère et leur tante que je reviens le plus vite possible. Puis, je m'en vais rejoindre ses deux adjoints et Ali qui attendent au Rez-de-chaussée de l'austère bâtiment des nouvelles de leur patron. Je leur fais part de mes convictions, ce qui les met en joie et puis leur demande de m'accompagner chez mon ami pour récupérer quelques affaires de toilette, un ou deux tee-shirts et une abayé. Je prends bien garde de ne pas parler du pense-bête sonore de mon ami. Je veux l'écouter avant tout le monde et surtout empêcher qu'il tombe entre des mains hostiles. Ali m'accompagne pendant que Malek et Ahmad continuent leur veille à l'hôpital.

Arrivé chez les Naggiar, je profite du manque de place de parking pour laisser Ali avec la voiture et monter seul. Pendant que la cámériste philippine me prépare les affaires demandées, il m'est aisé de subtiliser le précieux appareil resté dans le salon à la vue de tous. Je ne suis pas très doué pour la rapine, même si celle-ci est commise dans de bonnes intentions. Mon pouls s'accélère et des gouttes perlent sur mon front alors que je glisse l'appareil dans mon blouson.

J'aurai le temps d'écouter le contenu tranquillement.

29

Le temps passe vite quand on est heureux et je le suis. Je suis arrivé en novembre et nous voilà en février. J'étais venu pour quelques jours, sans savoir qu'ici m'attendait une nouvelle vie. Ce qui rend l'existence passionnante, ce sont les inattendus et les rencontres, trop longtemps je l'avais oublié. J'habite avec Amal, dans son appartement d'Ain el Mreisseh. Le muezzin de la mosquée d'à côté fait toujours autant de bruit et les joueurs de Tric-Trac continuent de faire tinter leurs jetons au milieu de la nuit, mais ils ne me réveillent plus. M'y suis-je habitué ou est-ce de sentir contre moi le corps chaud d'Amal qui change tout?

Je commence à me sentir chez moi, dans ce drôle de pays. Il est tellement attachant ! Et ce n'est pas seulement parce qu'en plein mois de février Amal barbotte dans la piscine de Kaslik. La météo clémente ne fait pas tout. Ici, c'est le royaume du n'importe quoi. Un fleuve de sacs-poubelle entoure la ville en émettant une odeur pestilentielle sans qu'aucun membre de la classe dirigeante ne lève le petit doigt pour tenter de résoudre le problème. Peut-on parler de classe dirigeante d'ailleurs, alors que ces messieurs sont bien trop occupés à se chamailler pour se trouver un Président, que le gouvernement est inexistant sauf quand il s'agit de se partager les subsides venus de l'étranger et les impôts payés par une poignée de commerçants contraints et un peuple exsangue.

L'eau arrive mal, l'électricité est coupée un minimum de trois heures par jour. Les plombiers ne sont pas plombiers, les peintres en bâtiment, pas peintre et tout est à l'avenant. Ajoutez à ça un million et demi de réfugiés syriens qui, prêts à tout pour survivre, piquent à vil prix le peu de boulot encore disponible et le portrait paraît apocalyptique. Mais c'est sans compter les Libanais qui non seulement sauvent tout par leur cordialité, leur accueil incomparable, une générosité génétique et une impulsion phénoménale vers un futur qui se doit d'être radieux. Rien n'est pour eux impossible. Le rêve américain est broutille devant l'espérance libanaise. Pour qui arrive de France où tout est facile et où l'on désespère tant, c'est bien plus qu'une leçon de vie, c'est une jubilation quotidienne. Certes je suis amoureux et cela brouille un peu ma vision, mais je crois que même sans Amal, je serais tombé sous le charme de ce minuscule pays.

Le dossier "Tous Pourris!" est clos depuis le suicide de Geargoura et ses aveux écrits. Soulagé Obeyda n'a pas cherché à fouiller plus que ça, même si convoqué à sa demande j'ai exprimé des doutes. Plus aucun meurtre n'a été signalé avec ce *Modus operandi* et la police judiciaire, pour l'instant privée de Nicolas, peut enfin se consacrer à d'autres crimes.

Mon ami est vivant, fatigué, aminci, doté d'un défibrillateur implanté, mais solidement perché sur ses deux jambes. Les quinze kilos qu'il a perdus depuis son accident l'ont rajeuni de dix ans. Zeina ne le laisse pas seul une minute, lui prodiguant tant de soin et d'amour qu'elle semble elle-même un peu vidée. Depuis son accident cardiaque, un coupe-circuit disent les médecins, je n'ai pas eu l'occasion de demeurer bien longtemps seul avec lui. Pourtant il va bien falloir que nous arrivions à nous isoler un peu, même si nous l'appréhendons tous les deux. J'ai toujours son enregistreur que je ne lui ai pas encore rendu. Il ne peut l'ignorer, mais ne m'en a encore jamais parlé. Par sécurité, je le garde sur moi ou à proximité. J'ai attendu le bon moment, mais jusque là l'occasion ne s'est pas présentée. C'est aujourd'hui le bon jour. Nicolas m'a donné rendez-vous aux pieds de la statue de la Vierge de Harissa.

J'ai voulu écouter les enregistrements, mais il m'a été impossible de transcrire ce que j'y entendais. Il y a deux conversations distinctes. Une entièrement en arabe avec un homme dont je ne reconnais pas la voix, l'autre est celle de Georges Stephan. Mis à part une phrase ou deux prononcées par mon ami en français, demandant à Geargoura d'éloigner son compagnon et les réponses de celui-ci également dans ma langue maternelle, tout est en libanais. Un libanais rapide et fluide que j'ai du mal à comprendre. La seule chose de sûre, c'est que ces enregistrements sont essentiels. Il m'a donc été impossible d'en confier à quiconque la transcription. J'ai pensé un temps à demander ça à Amal, mais me suis ravisé. Si ce qu'il y a sur cette bande est aussi important que je le crois, il ne serait pas correct de lui en faire partager le poids. Seul Nicolas peut me fournir ces ultimes explications, s'il le veut.

***

Plus l'œuf monte en direction de la statue, plus s'éloignent les détails des constructions anarchiques, plus la vue sur la baie devient belle. Le trajet est court, une dizaine de minutes pour parcourir les six cents mètres de dénivelé qui me mènent à la statue. Elle est là, majestueuse, haute de plus de huit mètres et posée sur un socle de cent quatre marches. Wikipédia et les guides touristiques ne se trompent pas sur ce type de détails.

« C'est un vœu ! » avait-il affirmé sans me laisser la latitude de tenter de l'en dissuader. Il m'a fait livrer ce matin à l'aube par un Ali sombre et mystérieux, une enveloppe cachetée contenant quelques lignes sibyllines. *Rendez-vous, aujourd'hui à midi aux pieds de la statue de la Vierge de Harissa. Si j'y arrive vivant, tu sauras tout. Viens ! Ne dis rien à Zeina, ne tente rien, c'est un vœu.* C'est Internet qui m'explique l'endroit et comment m'y rendre. Pour arriver à Jounieh, facile ! Aziz qui est devenu mon taxi attitré m'amène jusqu'au départ du téléphérique. Là, j'ai pu lire l'altitude et surtout le nombre de ces marches de malheur. J'appréhende l'effort à fournir par le cœur fatigué de mon ami. Je sais trop bien l'entêtement de mon Nicolas pour tenter de l'en dissuader. Pourtant, par les cachotteries qu'il m'impose, il me met dans une situation impossible. Que vais-je dire à Zeina, à ses enfants et à Amal s'il lui arrive quelque chose ? J'aborde les premières marches avec fermeté, à l'écoute de tout bruit pouvant indiquer un malheur sur le chemin. Les pèlerins sont peu nombreux à cette période de l'année et à cette altitude il ne fait pas chaud. Il me faut dix minutes et une pause pour arriver aux pieds de la Madone et oh soulagement, j'aperçois sa silhouette voûtée tenant fermement le garde fou et regardant le paysage.

- Nicolas…

Il ne prend pas la peine de se tourner vers moi.

- Regarde comme c'est beau !
- Oui, c'est beau !
- Imagine comment ce devait être avant. Avant que les fourmis d'en bas construisent toutes ces horreurs.
- Ce devait être magnifique.
- La plus belle baie du monde ! c'est comme ça que l'appelait nos pères. Et elle ? Tu connais la légende ? dit-il en se tournant vers la statue. Elle devait tourner le dos à la baie s'il arrivait malheur au Liban. C'est ce que j'ai appris enfant. Ce que ma grand-mère me racontait avant que je ne ferme les yeux.

- Et…
- Et elle, elle n'a pas bougé ! Malgré tout ce qui nous est arrivé, la guerre civile, l'occupation, les invasions, les crimes, le sang, les bombes, les monstruosités, les destructions, la saleté, la laideur, la bassesse, elle n'a pas bougé d'un millimètre. Si tu savais combien je lui en ai voulu.
- Mais…
- Il n'y a pas de "mais" qui tienne. Elle aurait dû faire quelque chose.
- Quoi ?
- Je ne sais pas, moi, bouger, tousser, hurler. Oui voilà, hurler ! Quinze ans de guerre, ça méritait au moins un hurlement, non ?
- Probablement !

Il se tourne vers moi, un grand sourire aux lèvres.

- C'est pour cela que je suis là. Je me suis traîné jusqu'ici, car après ce qui m'est arrivé, ma mort et ma résurrection, il fallait que je lui pardonne. C'est là mon vœu !
- Je comprends, tu t'allèges en quelque sorte.
- Si tu veux ! Disons que c'est une *liquidation totale avant ma nouvelle vie.*
- Et moi, dans cette histoire.
- Toi, mon ami, toi… Toi tu es celui capable d'entendre la vérité. As-tu mon petit appareil ?

Il dit ces derniers mots avec une gravité sereine et déploie une main prête à saisir l'objet que je lui tendrais. Je n'hésite pas une seconde alors que je sais parfaitement ce qu'il va en faire. Je plonge la main dans la poche intérieure de mon blouson, saisis l'enregistreur et le lui rends.

- Que veux-tu savoir ?
- Tout, voyons !
- Tu as écouté la bande ?
- Ce n'est pas une bande et je l'ai écouté, bien sûr.
- Qu'as-tu réussi à comprendre ?
- Pas grand-chose, car j'ai été confronté au barrage de la langue. D'autre part, impossible de demander de l'aide !
- Arrêté par la langue et ton amitié envers moi, merci ! Bon, le premier échange est celui que j'ai eu avec Fouad Tarabaï de retour de Londres. T'en doutais-tu ?
- Non, impossible de reconnaître une voix que l'on n'a jamais entendue.
- Pour tout dire, rien de très concluant, mais j'ai appris une chose importante. Les deux flics, après avoir subi un échec avec son fils et le jeune Saad, sont allés le voir pour tenter de lui tirer quelques sous. Ils sont d'autant plus mal tombés que celui-ci avait déjà parlé à Geargoura. Ce n'est pas un enfant de chœur et pour le peu qu'il m'ait dit, j'ai compris qu'en sortant, les ripoux n'en menaient pas large.
- C'est tout ?
- Non, il m'a fait comprendre que May Stephan était morte.

- Fait comprendre ?
- En parlant d'elle au passé, mais sans rien préciser. Tu sais, les gens d'ici sont très forts pour ça. Dire les choses sans les dire vraiment, sans surtout se mouiller. J'avais déjà lancé des recherches, je les ai redirigées vers les morgues et les hôpitaux. Je n'ai rien trouvé de concret, c'est la raison qui m'a fait retourner chez Georges Stephan.
- Donc, l'échange important, c'est celui que tu as eu avec le videur.
- En effet ! Malgré mon coma, je me souviens de toute notre conversation comme si cela s'était passé il y a cinq minutes. Cet appareil ne peut servir qu'à brouiller les cartes.

L'enregistreur est toujours dans sa main. Il le pose sous son talon et l'écrase, puis se baisse ramasse les morceaux et tout en se redressant les lance le plus loin possible, dans le vide.

- Je lui ai demandé d'éloigner Hanna.
- En français. C'est la seule chose que j'ai vraiment comprise.
- Nous nous sommes assis en face à face avec chacun un verre de whisky. Et je lui ai demandé d'entrée de jeu s'il savait ce qui était arrivé à sa filleule. Il paraissait très las, comme vidé de toute énergie, ne cherchait plus, ni a lutter ni même à cacher quelque chose. Ma venue chez lui signifiait une fin de chemin. Il était arrivé à destination, le savait et me le faisait comprendre.

***

- *May n'est plus.*
- *Où est-elle ? demandais-je en bon policier qui cherche le corps.*
- *Dans mon caveau, à Mayrouba.*
- *Qu'est-ce qui est arrivé ?*
- *Une succession de conneries !*

L'homme reprenait son souffle. Je me souviens très bien qu'il cherchait dans ses souvenirs à me fournir un maximum de précision.

- *Hanna était dans sa famille, enfin c'est ce qu'il m'avait donné comme excuse pour me quitter quelques jours. Ses massages me manquaient, mais je savais qu'il me fallait lui laisser un minimum de liberté. Après tout j'avais tenu trente ans plus tôt le même emploi que le sien et savait la difficulté qu'il y avait à accompagner très longtemps un vieux sans allez chercher ailleurs un peu d'air frais.*

  J'avais retrouvé la trace de May assez aisément, car au Liban, une femme seule ne peut ni prendre une chambre d'hôtel ni louer un appartement. Elle s'était donc réfugiée chez une camarade de classe dont les parents me connaissaient. Étonnés de sa démarche, nous pensant fâchés et curieux de comprendre, ils s'étaient empressés de me le faire savoir. Il m'avait alors suffi de la cueillir au bas de leur immeuble et après lui avoir passé un savon et l'avoir couverte de baisers, de l'installer dans la chambre contiguë à la mienne. Comme j'avais reçu un appel de Fouad Tarabaï pour me raconter l'épisode Maamarbachi et m'engager à tenir ma filleule, mes hommes de main couchaient dans l'appartement que je possède sur le palier. Je pouvais ainsi la protéger tout en attendant le meilleur moment de la renvoyer continuer ses études en Europe.

Je m'étonnais de sa naïveté. Comment pouvait-il penser qu'une femme habitée par la vengeance au point de faire marquer au fer rouge le complice des tortionnaires de son fiancé allait s'éclipser sans demander son reste.

- *Naïf, peut-être bien que vous avez raison, mais je croyais en ses sentiments pour moi et cela me permettait d'espérer. Croyez-moi, mon plan aurait pu fonctionner si ces deux salopards de flics véreux ne s'étaient pas pointés.*
- *Ils sont venus, ici.*
- *Oui !*
- *Se jeter dans la gueule du loup ?*
- *Où voyez-vous un loup ? Parlons plutôt d'un imbécile distrait, moi ! Ils ont sonné et j'ai ouvert la porte blindée sans regarder par l'œilleton croyant qu'il s'agissait de mes hommes. Ils se sont installés là où vous êtes pour m'agonir d'injures et traiter la petite de tous les noms. Ils voulaient savoir où ils*

pourraient la trouver alors que je la savais cachée dans la chambre d'à côté. Ils avaient sorti leurs armes et parlaient de me faire sauter le genou si je me taisais quand tout a basculé. Hassan Traboulsi a machinalement poussé la porte de la chambre de May. Un coup de feu est parti, il s'est écroulé. L'autre a tiré une rafale à travers la porte plusieurs fois et s'est écroulé à son tour. May est sortie de la pièce, un lourd pistolet à la main. La jeune fille regardait, hagarde, les deux hommes qu'elle venait de tuer. Le drôle de rictus qui s'est alors formé sur ses lèvres m'a fait froid dans le dos, commandant.
- Qu'avez-vous fait des cadavres ?
- Je n'avais plus qu'à appeler mes hommes pour débarrasser les corps.
- Et le bruit ?
- L'étage est entièrement ma propriété et quelques bruits d'armes à feu n'ont jamais affolé les Beyroutins.

En effet, tout était logique et l'homme avait raison. Dans une ville mille fois meurtrie, où, à toutes les occasions, perdure la tradition de tirer des rafales en l'air, qui prendrait en compte quatre ou cinq coups de feu isolés ?

- Et « Tous pourris » ?
- Ah, ça, c'est mon idée. May et moi parlions de la situation du pays, des hommes politiques corrompus, enfin de tout ce que tout Libanais sait, commandant. Nos conversations se terminaient souvent par

> « *Tous pourris !* » *J'ai trouvé que cela exprimait bien ce nous pensions de ces hommes et de leurs acolytes et qu'en plus cela noierait le poisson en faisant passer leur mort pour un acte politique.*
- *Et les trois langues ?*
- *Une idée de May ! Comme les panneaux en Suisse.*
- *Les poubelles ?*
- *Mes hommes sont allés au plus simple. Quoi de plus commun que nos déchetteries sauvages ?*

Le gros homme sourit tristement à cette idée.

- *Sans y penser plus que ça, nous avons amené toute la police à chercher un mystère là où il n'y avait que paresse de sous-fifres pressés.*

***

Mon ami qui a beaucoup parlé s'essouffle. Je lui propose d'aller prendre un verre au bistrot du sanctuaire. Il refuse et me désigne un banc libre.

- Maudite insuffisance cardiaque ! Allons nous asseoir là, ce sera plus discret. Donne-moi une minute et tu sauras la suite.

Nicolas s'oblige à des exercices respiratoires. Il gonfle son torse et son ventre et rejette lentement l'air absorbé. Il le fait plusieurs fois avant de reprendre la parole.

***

Je n'ai pas eu à demander à Geargoura de continuer son récit. Il l'a repris tout seul, comme s'il devait se décharger d'un trop lourd fardeau et qu'il comptait sur moi pour l'aider à s'alléger.

- May, n'est plus jamais redevenue comme avant. Elle tournait en rond, riait, pleurait, hurlait. Il lui arrivait même de se précipiter sur moi pour me battre, puis honteuse, elle s'arrachait les cheveux en hurlant des : « c'est de ma faute, tout est de ma faute. C'est à moi de disparaître » ! J'ai dû faire venir un médecin pour lui administrer des sédatifs et autres psychotropes. Pendant quelques jours le traitement a semblé fonctionner, mais un jour, j'ai dû sortir faire une course. À mon retour, j'ai trouvé mon compagnon affolé. Elle avait profité d'un moment d'inattention, un passage sous la douche pour s'enfuir. Je ne l'ai revue que le lendemain. Quelqu'un l'avait jetée d'une voiture sur le trottoir d'en face. Mon pauvre amour était dans un tel état que rien ne pouvait plus la sauver qu'un miracle. Je l'ai portée moi-même sur son lit et ai fait venir le médecin qui a nettoyé ses plaies, fait une injection et m'a simplement dit : « Priez » ! C'est ce que j'ai fait. À l'aube, elle s'est éteinte sans avoir repris

connaissance. Le reste n'est pas du ressort de la police.
- *L'inhumation ?*
- *Ça, c'est simple, il suffit de payer et en plus du secret, vous avez même un prêtre si vous le voulez.*
- *Et vous ?*
- *Moi je n'étais plus que rage et soif de vengeance. La haine n'est pas bonne conseillère. Je suis allé tous les jours dans le café où j'avais croisé le jeune Saad. Au bout du troisième, il est venu prendre son petit déjeuner, m'a salué comme un étranger, mais ne m'a pas vu verser la drogue dans son verre d'eau. Après ça a été un jeu d'enfant. Il m'a suivi et vous connaissez la suite. Vous rendez-vous compte, commandant ? Le seul homme que j'ai tué était totalement innocent. Je ne l'ai su que le jour où vous me l'avez dit.*
- *Et les autres ?*
- *Ramzi et le Maamarbachi ? Ce n'est pas moi. J'en avais ma dose. Le père Tarabaï s'était avéré correct envers nous. Quant à cette crapule de Sharif Maamarbachi, il ne m'apparaissait pas avoir assez d'importance pour me salir encore les mains. J'ai eu tort sur toute la ligne commandant, je ne suis rien d'autre qu'une vieille tante qui s'est pris pour un vengeur.*
- *Vous ne savez donc rien pour les autres ?*
- *Non, mais je sais que ce n'est pas moi qui ai vengé ma petite May que je n'ai même pas su protéger.*

- *Ce n'est pas grave, puisque ça a été fait, non ?*
- *En effet, mais il me reste une petite chose à faire.*
- *Pas un autre meurtre, tout de même !*
- *Oh non, mais je me dois d'arrêter ce massacre et de blanchir définitivement celui qui a appliqué la justice à ma place. Excusez-moi commandant, je suis fatigué. Si vous comptez m'arrêter, c'est un peu tard. Ce que j'ai avalé prend son temps, mais n'est pas réversible. Pourriez-vous avoir l'amabilité de revenir dans deux heures et entre temps de m'envoyer Hanna qui doit attendre derrière la porte d'entrée. Après tout, si ça n'a pas été l'homme de ma vie, c'est le dernier et j'ai des instructions à lui donner. Si je ne me suis pas trompé sur tout, vous êtes un brave homme, commandant. Permettez que je meure pour une cause. Diffusez, ma vérité, ne cherchez pas plus loin et abandonnez les poursuites.*
- *Promis Georges, lui ai-je simplement dit en le quittant.*

***

- Voilà, mon ami. Je me suis retiré alors que je tenais l'assassin de l'une de mes victimes et que peut-être, contre sa volonté, j'aurais pu le sauver. Deux heures plus tard, appelé par Hanna, je retournais chez lui. Georges Stephan n'était plus de ce monde. Il laissait une lettre dans laquelle il avouait tous les meurtres et un testament qui faisait de Hanna et de sa cousine ses héritiers à parts égales.

Nicolas, bien calé sur son banc, regarde au loin. Il me montre de la main, le magnifique panorama, s'arrête sur sa gauche où l'on aperçoit nettement le fleuve de sacs-poubelle blancs. Là, l'admiration fait place à la grimace.

- Tout est si beau vu de loin, même les immondices s'arrêtent de puer.

Puis sans crier gare, il se lève, s'appuie sur la rambarde et me fait signe de le rejoindre. Il veut me dire debout, en face à face ce qu'il a à me dire.

- Que veux-tu savoir d'autre ?
- Il reste deux meurtres non élucidés, non ?
- C'est Sharif Maamarbachi et Ramzi Tarabaï qui ont tué May Stephan et c'est Sharif Maamarbachi qui a tué Ramzi Tarabaï.
- Comment le sais-tu ?
- À la mort des policiers et surtout après celle de Maroun Saad les deux hommes ont paniqué. Nassim Saad étant impossible à joindre, ils ont décidé d'agir. Des tueurs capables de battre une gamine à mort ne manquant pas, il suffisait de prendre la décision et d'y mettre le prix. C'est Maamarbachi qui a avancé l'argent et s'en est chargé. Mais une fois l'opération bouclée, Ramzi craignant les réactions de son père, après avoir juré à celui-ci qu'il n'était pour rien dans

la mort de la jeune fille, a tourné le dos à son complice. L'autre, furieux de s'être fait berner, craignant pour sa vie, a réussi à attirer dans une usine désaffectée celui qu'il considérait comme son donneur d'ordre. L'idée aurait été de le menacer de révéler à son père toutes ses turpitudes. À ses demandes, Ramzi, dont les vivres avaient été coupés par son père s'est cru autorisé, non seulement à refuser, mais il a rajouté quelques noms d'oiseaux et autres menaces que n'a pas apprécié « le facilitateur ».
- Comment sais-tu tout ça ?
- C'est lui-même qui me l'a raconté.
- Tu l'as cru ?
- Il a voulu me faire croire à un crime spontané et irréfléchi, mais je suis convaincu que tout était préparé, puisqu'il a copié le Modus opérandi des trois premiers meurtres.
- Pourquoi est-il venu te raconter ça ?
- Il avait peur pour sa vie. Fouad Tarabaï avait lancé un contrat sur lui. Il est venu chercher ma protection.
- Auprès de toi ?
- Il me savait en charge de l'affaire et était habitué à acheter tout le monde. Comment voulais-tu qu'un individu comme lui pense trouver un homme intègre. C'était un personnage répugnant. Pour me convaincre, il a fallu qu'il me raconte toute l'histoire depuis le début ou presque. Depuis la scène de violence chez le fils du député jusqu'au meurtre de

celle qu'il appelait « la petite pute ». Ce n'est que plus tard, avec toi et grâce à Geargoura que j'ai compris qui était cette May, mais il avait une telle façon de m'en parler que j'ai vu rouge.
- C'est toi qui l'as tué ?
- Personne ne mérite de subir un tel mépris. Il parlait de sa victime comme d'un jouet. Pour lui elle était quantité négligeable, rien, rien du tout. Pire, il me parlait comme à un complice, comme si j'étais de connivence, comme si je le comprenais et l'approuvais, lui !
- C'est toi qui l'as tué !
- J'avais en face de moi, la pourriture, le diable, le mal incarné !
- Tu l'as tué !
- Une pulsion, comme un reflux irrépressible, un dégout qui ne peut demeurer passif…
- Mais la mise en scène, le papier.
- Il n'y a aucune mise en scène et le papier, c'est celui que je t'ai montré le premier jour. C'était une copie sans importance oubliée dans ma poche, même pas une pièce à conviction. Je l'ai simplement posé sur lui.
- C'est donc pour cela que tu l'as arraché à Omar. Tu craignais que l'on trouve ton ADN sur le papier.
- J'ai vu le doute dans tes yeux ce jour-là.
- Détrompe-toi, comme Omar, sur le coup, j'ai mis ton geste sur le compte de la fatigue et du manque de sommeil.

- J'avais cru…
- Eh bien, non ! Mais pourquoi le tuer ? Il t'aurait suffi de le laisser à son sort. Fouad Tarabaï aurait bien fini par l'avoir.
- Une pulsion te dis-je et puis, ce n'est pas si sûr ! Nous sommes au Liban et ce salaud en connaissait du monde. Il aurait trouvé d'autres appuis. Les gens comme lui s'en sortent toujours.

Nous nous taisons, lui libéré par ses aveux, moi accablé par ses révélations. Combien de fois ai-je désiré rendre justice moi-même ? Combien de fois ai-je frôlé ce que mon ami n'a pas réussi à éviter ? Moi, au moins, en France, j'avais la chance de savoir que celui qui méritait la mort et auquel je laissais la vie sauve irait croupir quelques années sous les barreaux. Ici, un Maamarbachi aurait réussi à corrompre flics, juges et gardiens et aurait disparu.

Il ne m'appartient pas de juger, de pardonner ou de sévir, mais simplement de comprendre et si nécessaire de consoler. Les mots me paraissent dérisoires, mais il me prend une envie impérieuse, celle de prendre Nicolas dans mes bras. C'est mon ami, mon frère, un autre moi-même et il souffre. Je le serre, maladroit. D'abord il se raidit, étonné, presque choqué, puis vient l'accolade, chaleureuse, sincère, humide de nos larmes.

Elles seules peuvent laver, laver, laver !

FIN

Du même auteur

Roman :

- « **J'ai le cœur à Palmyre** » - Roman – Editions de la revue Phénicienne – juin 2010
- « **Mémoires d'un raté** » - Roman – Editions Humanis – octobre 2013
- « **J'ai le cœur à Palmyre** » - Roman – Réédition Humanis - 2015

Théâtre :
- « J'ai le cœur à Palmyre… » 2004 – *(Editions du Petit théâtre de Vallières, décembre 2006).*
- « La Fiancée du Vent » 2007 – *(Editions du Cygne, décembre 2007.)*
- « Le Génie, Le Prophète et la Femme… » 2006 - *(Editions ABS, février 2008)*
- « Le testament de Don Juan » 2003 – *(Editions ABS, septembre 2008).*
- « La Joconde » 2004 – *(Editions ABS, septembre 2008).*
- « Le Génie, Le Prophète et la Femme… » 2006 - *(Editions ABS, février 2008)*
- « L'Attente » 2008 – *(Editions Jacques André 2009)*
- « Le Magicien » 2005 – *(ABS 2009).*
- « Mémoires d'un raté » 2008 – *(ABS 2009).*
- « … Comme une femme/Como Mujer » 2005 – *(Jacques André Editeur 2010.)*
- « Burn Out » 2013 – *(Bookelis 2014)*
- « Le procès du théâtre… Accusé des sept péchés capitaux » - *(Bookelis 2014)*
- « J'ai le cœur à Palmyre » **bilingue Français/arabe** - *(Bookelis 2014)*
- « Le faux nègre » 2015 - *(Bookelis 2016)*

© 2017, Toriel, Raphael
Edition : Books on Demand,
12 / 14 rond point des champs Elysées, 75008 Paris
Impression : BoD - Books on Demand Norderstedt, Allemagne
ISBN : 9782322139668
Dépôt légal : mars 2017